当世界还小的时候

张君燕 —— 著

江西人民出版社

目录
CONTENTS

第1辑
只有你能决定自己是否重要

生命不需要留白 / 003

正视Bug才能获得成功 / 006

12把椅子 / 009

一节关于植物的实验课 / 011

只有你能决定自己是否重要 / 013

被拒绝的钢琴老师 / 015

4个硬币识保姆 / 017

做了"坏事"也要奖励 / 019

导演的"恶意" / 021

小题大做的智慧 / 023

巧化"污点"为优势 / 025

比尔·盖茨读什么书 / 027

不做选择也是一种选择 / 029

成为那个合适的人 / 031

为不鼓掌而鼓掌 / 033

希望你忘记我的帮助 / 035

歌德向富豪学习 / 037

罗斯福分期捐赠 / 039

如果牛顿还活着会怎样 / 041

只要多一次就是成功 / 043

一眼识坏人 / 045

奖励"造谣者" / 047

先制造问题，然后再解决问题 / 049

让不了解的人做决定 / 051

你能抽出一分钟的时间吗？ / 055

因为怕死，所以成功 / 057

一份休业通告 / 059

黑暗触发的灵感 / 061

"1+1>3"的智慧 / 063

IBM公司的"留人"法宝 / 065

第一次求职失败的经历 / 067

闪电解雇 / 069

一个小玩笑 / 071

不属于你的山不要登 / 073

寻求帮助也是一种能力 / 075

劫匪的大数据分析 / 077

巧用"弦外之音"的食品公司 / 079

100道面试考题 / 081

仅仅耽误了5分钟 / 083

幼儿园小朋友打败CEO / 085

迪士尼乐园为什么没有蚊子 / 087

诺顿的求职理由 / 089

错误并非一无是处 / 091

你永远不知道别人有多拼命 / 093

不确定的承诺 / 096

歇业餐厅里的食物 / 098

第2辑
你永远不知道别人有多拼命

第3辑
我只是一个
有缺点的普通人

送你一个分号　/ 103

我希望她是个女孩　/ 105

克里斯蒂的心愿　/ 107

为爱在一起　/ 110

一杯双糖咖啡　/ 112

两份协议书　/ 114

最受孩子欢迎的老师　/ 116

温暖的玻璃玫瑰　/ 118

5美元的交通费　/ 120

这不是我的选择　/ 122

爱问问题的祖母　/ 124

女儿的毕业典礼　/ 126

一场持续8小时的营救　/ 128

一个服务生的尊严　/ 130

我只是一个有缺点的普通人　/ 132

我最大的快乐是与别人分享快乐　/ 134

10分钟的快乐时光　/ 136

高贵的体面　/ 138

白得的赔偿　/ 140

不紧急却重要的事情　/ 142

比萨的味道怎么样　/ 144

最尴尬的事情 / 149

你代替了上帝的职责 / 151

达·芬奇会做可丽饼吗 / 153

你要先赢了自己 / 155

一个比萨的尊严 / 157

一件尴尬的事 / 159

最糟糕的一天 / 161

最珍贵的礼物 / 163

一双最昂贵的鞋子 / 165

充满爱心的2美元 / 167

最有意义的生日 / 170

一个永远无法弥补的过错 / 172

第4辑
你要先赢了自己

我只是说她长得丑 / 175

被淘汰的佼佼者 / 177

倒数第一的运动达人 / 179

10年前的故事书 / 181

英雄敦巴顿 / 183

口袋里的小惊喜 / 185

强大不是拒绝求助 / 187

他是不是很无礼 / 189

第5辑
没有破天气，只有破衣服

30年前的一件小事 / 193

这是对你的惩罚 / 195

我想要一颗新的心脏 / 197

幸运的失误 / 199

让一个人造宫殿 / 201

没有破天气，只有破衣服 / 203

搞砸的婚礼 / 205

成熟的人 / 207

大慈善家的糟糕礼物 / 209

富有的农夫 / 211

我犯的3个错误 / 213

规则保护的是什么 / 215

鸡丢了，一定要跟黄鼠狼计较 / 217

咖啡壶还能干什么 / 219

3次决定 / 221

不是没错就一定要做 / 223

两份生日礼物 / 225

逃避不了的惩罚 / 227

被纸划伤之后 / 229

信封里的头发 / 231

我喝的是无糖饮料 / 233

给女儿的空白支票 / 235

不要把你的计划告诉别人 / 237

第 1 辑

" 只有你能决定
自己是否重要 "

任何东西都不能证明你不重要。
时刻努力着,准备着,
在属于你的时刻到来的时候,发挥出重要的价值。
是的,只有你能决定自己是否重要。

生命不需要留白

  1982年，尼克在澳大利亚的一家医院里出生了。他的出生没给父母带来"喜"，倒是让父母足足地"惊"了一下。也难怪人们会有如此反应，小尼克一生下来就没有双臂和双腿，只在左侧臀部以下的位置有一个带着两个脚趾头的小"脚"！面对人们异样的目光，不谙世事的小尼克只是笑着，天真的眼睛闪着熠熠的光。

  也许是尼克灿烂的笑容感染了父母，他们毅然下定决心，绝对不放弃他，要让他像正常人一样生活和学习。父母为他的人生做了一番规划，每一步每一个阶段都有艰巨的任务和目标，像一根长长的铁链，一环扣着一环，不允许有丝毫的差错。从那一刻起，小尼克便马不停蹄地开始了自己生命的征程。

  尼克18个月大时，父亲便把他放到了水里练习他的水性，不懂事的小尼克吓得哇哇大哭，身体拼命地扭曲着、挣扎着。尼克的哭声不是没有让父亲动恻隐之心，甚至有那么一刻，父亲产生了放弃的念头：孩子本来就已经很可怜了，何必再让他受折磨呢！但这个念头只是一闪而过，他不希望尼克一辈子活在别人可怜、同情的目光中，尼克要自强，而要自强就必须得付出比别人更多的努力！

在这期间，他的父母给了他最大的鼓励，鼓励他战胜困难，战胜一切。父母殷切的眼神让他终于清醒了一点，他开始试着敞开心扉，去交一些朋友。真正让他走出心理阴影的是一份普通的报纸。十三岁那年，尼克在浏览一份报纸时，无意中看到了报纸上刊登的一篇文章，介绍的是一名残疾人自强不息，给自己设定一系列伟大目标并完成的故事。仿佛电光石火的一瞬间，尼克醒悟了，他知道唯有自强不息，努力拼搏，自己的未来才有希望。于是，尼克和自己的父母一起，制定了一系列的人生规划，他像上了发条一样，开始一步一步地去实现自己的人生价值。

经过这个蜕变，尼克突然变得成熟，他比任何时候都清楚自己想要什么，该怎样做。经过长期的训练，尼克残缺的左"脚"成了他的好帮手，它不仅帮助他保持身体平衡，还可以帮助他踢球、打字。他要写字或取物时，也是用两个脚趾头夹着笔或其他物体。更让人吃惊的是，尼克对滑板、足球也很在行，而且他居然还会打一手漂亮的高尔夫球！自信、潇洒的尼克看起来已经和常人完全无异了。

尼克的全名就是尼克·武伊契奇，中国人通常叫他尼克·胡哲。"没有四肢的生命（Life Without Limbs）"组织创办人、著名残疾人励志演讲家。2003年，尼克大学毕业获得会计与财务规划双学士学位。勇敢和坚韧的尼克还在2005年获得"澳大利亚年度青年"的称号。

尼克的人生从来就没有"停顿"这两个字，从17岁开始，尼克就开始做演讲，向人们介绍他不屈服于命运的故事。随着演讲邀请信纷至沓来，尼克开始到世界各地演讲，迄今已到过35个国家和地区。他还创办了"没有四肢的生命"组织，帮助有类似经历的人们走出阴影。

2012年尼克在河南激情开讲"活出生命的奇迹"，他动情的演讲深深地感染了大家，得到了大家的一致好评。尼克还深情地说："中国人讲究'留白'的艺术，但对我而言，生命不需要'留白'。想要活出生命的奇迹，就必须马不停蹄，必须日夜兼程，用自己的努力和拼搏去填满生命的每一个瞬间！"

原来，留白，是一门艺术的遐想空间，而不留白，是一种实实在在的人生，璀璨岁月，昂扬世间。

正视Bug才能获得成功

　　1883年，美国一个叫克劳斯的小伙子创建了一家专门做鞋子的公司。他的创办理念是利用当时最好的材料以及聘请手工艺精湛者来制作靴子，生产出既能保证产品品质，又能把舒适度与良好手工艺相结合的鞋子。然而，公司研发出的产品投放到市场后并没有引起想象中的轰动，很多人对产品的质量表示怀疑，只有少数人抱着试试看的态度买来试穿。产品长期滞销导致公司资金运转出现困难，克劳斯不得不缩小生产规模以节省开支。

　　这天，克劳斯正在为员工们下个月的薪水而发愁。突然听到公司外面一阵吵闹，克劳斯走出办公室，看到一个正在喋喋不休的客户。"你们不是承诺确保鞋子质量吗？看看这是怎么回事！"顾客生气地把一双鞋子摔到克劳斯面前。克劳斯笑着示意顾客别激动，然后捡起鞋子查看，鞋子不仅有些变形，而且跟部也有大面积开胶，总之完全不像是刚买不到三个月的鞋子。

　　"如果是我们的责任，我们一定负责。"克劳斯放下鞋子认真地说，"请问你是做什么工作的？"听到克劳斯的话，顾客的情绪有些平复,他回答:"我是一名划艇运动员。"克劳斯又问:"你平时是穿这双鞋子上班的吗?"顾客点点头回答:"是的。"这时,克劳斯笑着说:"这双鞋子是休闲运动鞋,它更着重的是舒适度,不具备防水功能。而你长期穿着工作,接触了太多的水,所以才会出现这种情况。"

"噢,原来是这样呀!"客户挠了挠头,表情有些尴尬,"我没考虑到这些……"克劳斯摆了摆手,接着说:"这不是你的错,是我们做得还不够好。我们承诺的十倍赔偿一定兑现。"说完,克劳斯便立即让助手去拿相关的赔偿金以及全新的运动鞋。

助手不可思议地盯着克劳斯说:"你疯了吗?本来我们现在的资金就很紧张,而且这不是我们的责任,我们为什么要负责!"克劳斯则平静地说:"是的,确实是顾客穿着不当。但是这其实也是我们生产中的一个Bug呀!我们为什么不正视这个Bug,生产出可以防水的鞋子呢?"得到赔偿后的客户显得很意外,他没有多说什么,只是认真地看了克劳斯一眼。

几天之后,克劳斯接到了一个订单,这是足以维持他们公司半年运作的大订单,而订单的主人就是前几天来索要赔偿的那名顾客。原来,这名顾客是一家划艇俱乐部的负责人,他负责给俱乐部的会员提供配套的鞋子。顾客说,他被克劳斯认真负责的态度所感动,并听到了他后来说的话,他希望克劳斯能为他们量身定制一批适合划艇的鞋子,而且他相信克劳斯一定可以做到。克劳斯激动地点了点头,立刻组织团队进行研发,他们不仅研发出了适合划艇的鞋子,还研发出了包括登山、游泳、打猎、越野、旅行等一系列适合各种户外活动需要的鞋子。

凭着时尚的设计、舒适合脚以及对客户负责的态度,克劳斯的公司在20世纪80年代顶住了价格低廉的拉美和亚洲进口产品的冲击,并成功地吸引了大量的消费者。1996年又进军时尚之都巴黎,受到了欧洲消费者的追捧,在东欧、日本市场上,也成为高端品牌。没错,它就是渥弗林集团以其名字创立的渥弗林品牌。

作为全球最大和最知名的制鞋企业之一，渥弗林旗下拥有众多知名品牌，个个都堪称市场的经典。

是的，我们的人生不会时时处处完美无缺，总会出现一些缺陷和不完美。如果只是一味抱怨和逃避，只会让我们离目标越来越远。只有正视人生的Bug，积极想办法解决，才能找到人生的另一个出口，最终获得意想中的成功。

12把椅子

1951年，退伍后的耶尔夫遇到了他的一生挚爱，帕特丽夏。结婚后，耶尔夫带着家人来到明尼苏达州的一个海滨小城定居。耶尔夫在当地的一所中学执教，和妻子以及五个子女过着平静的生活。

半个多世纪过去，孩子们都长大并相继离开他们出去生活，耶尔夫和妻子也已经步入暮年。像很多年长的老人一样，他们每天最大的乐趣就是相伴出去散步。早上起床，简单洗漱过后，他们就一起出去，慢慢地走在社区的小路上，看草尖上的露珠滚落，看太阳慢慢升起来，然后再相伴回家吃早餐。晚上，他们早早吃过晚饭，然后再一起出去，直到夕阳落山。这是他们之间最大的快乐，也是几十年来无法更改的一个习惯。

今年2月份的时候，帕特丽夏因为突如其来的脑梗而离世。孩子们在料理后事的时候，耶尔夫似乎并没有太大的悲痛。可是几天后，耶尔夫再一次走上以前散步走了无数遍的小路时，忍不住失声痛哭。

没有了帕特丽夏，散步过程变得非常孤独，更无法忽视的一个事实是，耶尔夫的身体状况大不如从前，每走一小段路，就会气喘吁吁，而没有了妻子的看护，他的散步之路也变得非常不安全。

突然有一天，耶尔夫在散步时，发现汤姆家门口的草坪上放着一把椅子——以前这条路上从来没有任何一处可以歇脚的地方。"我可以坐在这里休息一会儿吗？"耶尔夫向汤姆征求道。汤姆大笑着回答："那就是专门为你准备的椅子。能为光荣的退伍老兵准备椅子，是我们莫大的荣幸哦。"

耶尔夫很意外，更多的是感动。不得不说，汤姆的举动让他感到了一丝温暖和开心，这是帕特丽夏离开后，他第一次感受到快乐。

没想到这天过后，耶尔夫散步的路上又陆续出现了很多把椅子，他数了数，一共有12把。它们静静地摆在路边，似乎在等待着他的到来，有一些椅子上还放着柠檬水和小饼干，那是人们为他设立的"补给站"。

每次散步累了的时候，耶尔夫就会坐在这些专门为他准备的椅子上。有时候，人们还会从家里走出来，听他讲战争中发生的一些有趣的事情，看到人们开心地大笑，耶尔夫也会从心底里感到高兴。

如今，散步又变成了耶尔夫每天最开心、最期待的事情，因为他知道有12把椅子在等待着他。12把椅子，让耶尔夫感受到了最温暖的陪伴。

一节关于植物的实验课

在科罗拉多州立大学化学系新生的第一节课上，威廉姆教授给学生播放了一个关于植物的实验视频，这个实验的名字叫：被欺负的植物。

在实验开始，实验人员到商场购买了两株一模一样的绿色植物，然后把这两株植物放到了一所学校里，同一个地方，左右分开。左边的一株植物每天都会有人不停地欺负它——用语言来攻击它；右边的一株则恰恰相反，它每天都将会被表扬。然后接下来的30天里，这所学校的孩子们没事的时候就跑到植物这里，对着右边的植物表达他们的喜爱，夸它长得好看，有时还会播放一些音乐。而另外一些学生，就去批评左边的植物，说一些非常负面的语言……一个月过去后，在视频里，出现了神奇的现象：被欺负的植物看起来已经没有什么生命力，叶子也开始枯萎、掉落；而被赞美的植物，看起来却非常有活力、有朝气。在视频的结尾，出现了这样一行字：生长环境完全一样，结果却完全不一样，霸凌的危害如此之大，足以引起我们的重视。

看完视频，学生们都发出了阵阵惊叹，他们完全被这个实验打动了。确实，在校园霸凌日益严重的今天，这种经历很能引起学生们的共鸣。大家都纷纷夸赞，觉得这个实验太棒了，用植物发生改变的这种方式来让大家理解校园暴力的危害，很形象很生动。

看到学生们的反应，威廉姆教授微微摇头，发出了提问："你们觉得，一株植物真的会因语言的暴力而影响生命吗？"

科罗拉多州立大学的前身是一所农科学院，所以它的农科非常好。在威廉姆教授的提示下，有人发出了质疑，目前确实没有科学依据证明人类的语言能对植物产生影响。其实不需要专业的农科知识，即使是一个中学生也知道，植物是听不懂人类的语言的。很快，众人便反应过来：这个实验是假的！

"是的，这就是我想要提醒你们的事情。想引起注意是好事，但一定不能反科学。在科学实验面前，不允许掺杂进各种主观的因素，一切要有切实的证据。否则，看起来再完美的实验都一文不值。"威廉姆教授最后说道。

只有你能决定自己是否重要

奥勒从小就喜欢踢足球，23岁时加入曼联俱乐部。但进入曼联后，奥勒并没有得到主教练的青睐和重用，很长一段时间，他都被安排在替补的位置上。

如此过去了大半年，奥勒不免有些懈怠，热爱踢球的他多么渴望能和主力队员们一起在球场上飞奔，为球队效力呀！可是，也许是实力不够，也许是主教练对自己不够信任，他始终得不到上场的机会。"算了，我只是一个微不足道的存在，球队里有没有我都一样，还不如放弃。"奥勒沮丧地对朋友托尼说。托尼轻轻拍了拍奥勒的肩膀，指着转播的球赛，装作不经意地说："我觉得守门员也一样不重要呀！你看，比赛都进行一大半了，而他们却完全没起到什么作用。""不，不，你不懂。"奥勒连连摆手说，"没起作用不能说明他们不重要，只是属于他们的时刻还没有到来，等到有球员射门的时候，守门员就开始发挥重大的作用了。我们甚至不敢想象，如果没有了守门员，球队会陷入怎样危险的境地。"

听了奥勒的话，托尼笑了起来："对呀！你也知道，这不能说明他们不重要。那么，你不也是一样吗？虽然现在你暂时没有发挥作用，但到了你上场的时候，你一样能起到无可替代的作用。"奥勒若有所思地点了点头，释然地跟着笑了起来。后来，奥勒重新振作了精神，刻苦地投入了训练，在之后一场重要的比赛中，奥勒替补出场打进一球，为球队争取到了胜利。而在之后十几年的足球生涯里，奥勒每次替补上场的表现都是教科书般的，被广大球迷称为"超级替补"。他就是曼联王朝的重要一分子，挪威著名的足球运动员奥勒·索尔斯克亚。

"替补不能证明你不重要，任何东西都不能证明你不重要。时刻努力着，准备着，在属于你的时刻到来的时候，发挥出重要的价值。是的，只有你能决定自己是否重要。"索尔斯克亚不止一次这样说。

被拒绝的钢琴老师

陪女儿艾丽萨上完钢琴课回来后,我决定给她换一位钢琴老师。其实,这个念头已经不是第一次出现了,我早就有了这个想法。

怎么说呢?琼斯小姐算是一位负责的钢琴老师,我也并不怀疑她的专业能力。只是,我不太喜欢她上课的方式——似乎太过热情,甚至总是手舞足蹈,以至于孩子们无法更好地把精力全部集中在练习弹奏上。很显然,艾丽萨也不太适应这样的上课方式,虽然已经上了五六节课,可除了琼斯小姐讲的笑话外,她什么都没学会。

我决定了,让艾丽萨退出琼斯小姐的钢琴课。可是,该如何对琼斯小姐说呢?我想我无法对一位女士说出拒绝的话,这肯定会让她伤心不已。况且,艾丽萨的退出会不会对其他学生产生影响?万一艾丽萨退出后,颇受打击的琼斯小姐一蹶不振,那后果可太严重了,我可能会内疚一辈子……

在我的不断犹疑中,艾丽萨又到琼斯小姐那里上了几节课。可是,这并没有让我感觉好一点,反而更加烦躁不安——不能掌握自己的生活节奏,让我感到压抑和委屈。

终于，我对琼斯小姐说出了自己的想法。在此之前，我已经预想了琼斯小姐可能表现出的各种反应，并做好了应对措施。不过，这一切都是多余的。听了我的解释后，琼斯小姐耸着肩膀说："很遗憾。但是对于一个职业钢琴老师来说，遇到理念不合的家长，这很正常。这本来就是一个相互选择的过程，希望你早日帮艾丽萨找到适合她的钢琴老师。"

"那么，你会难过吗？"我忍不住问。

"当然，艾丽萨是一个很可爱的女孩，我会想她的。"琼斯小姐笑了起来，接着说，"不过不用担心，她能找到一个更适合她的钢琴老师，我会更开心的。"

从琼斯小姐那里回来后，我长长地松了口气。看来，拒绝别人并没有想象中那么难，而被拒绝的人也并不如想象中那么脆弱。

后来，我送艾丽萨到新的钢琴老师那里上课时，路过琼斯小姐的家门口，看到一些家长带着孩子笑容满面地走出来。很庆幸，琼斯小姐和艾丽萨都找到了适合自己的彼此。

4个硬币识保姆

  法国作家司汤达出生于一个资产阶级家庭。13岁时,他考入格勒诺布尔中心学校。为了方便学习,父亲帮他在学校附近租了一套公寓,并打算雇佣一个保姆照顾他的生活起居。家人不在身边,而司汤达只是个未成年人,因此在保姆的选择上非常重要,既要做事情细致、认真,人品也应该可靠。可是,如何在短时间了解保姆的真实情况呢?这让父亲有些发愁。

  这天,司汤达对新来的保姆说:"我刚搬进来,担心不够卫生,所以请你彻底把屋子收拾一下。对了,要先从厨房开始,然后是客厅,接着是卧室,最后是卫生间。记住,一定要按顺序哦!"交代完毕后,司汤达便和父亲一起外出赴宴。路上,父亲摇着头说:"你是不是太过苛刻了?可能每个人都有自己的工作方式,为什么非要给她规定顺序呢?况且你并不知道她到底有没有按照你的顺序打扫。"司汤达没有说话,只是一脸神秘地笑了笑。

  赴宴归来后,房间已经被打扫得干干净净。司汤达悄声对父亲说:"接下来才是检验的时刻。"这时,保姆走过来,告诉他们她在收拾房间的时候发现了18法郎硬币。司汤达问:"你还记得发现它们的顺序吗?"保姆想了想回答:"先是1法郎硬币,然后依次是2法郎硬币、5法郎硬币和10法郎硬币。"司汤达点点头,当即把手里的法郎当作小费送给了保姆,转身告诉父亲,这个保姆就是他们理想的人选。

看着父亲迷惑的目光,司汤达笑着解释:"这些硬币是我特意放的,都放在了特别隐秘的角落。保姆能按顺序找到它们,说明她干活认真、细致,并且一丝不苟地按照我的要求做了。而把硬币全部交还给我,则足以说明她的诚实、守信。所以她一定会是一个出色的好保姆。"父亲听后恍然大悟、连连点头。

其实,司汤达"苛刻"的目的并不在苛刻本身,而是以此来检验对方的认真程度。很多时候,这是快速区分认真负责和马虎敷衍的有效办法。

做了"坏事"也要奖励

纳撒尼尔·霍桑是美国19世纪著名的小说家。因为幼年丧父,小时候霍桑跟着母亲住在外祖父家。外祖父之前是一名教师,所以他很注重孩子们的教育,除了教授书本上的知识之外,外祖父还会培养他们实践方面的能力。

有一次,外祖父要外出几天,临行前安排好了霍桑和表弟的功课,另外还布置了一些诸如扫地、浇花、修剪草坪等体力方面的任务。当然,为了激励他们,如果完成一定数量的任务,他会给予相应的奖励。然而,这次外祖父回来后,却发现后院里的一盆玫瑰花枯萎了。肯定是有人偷懒没浇水!外祖父自然很生气,但与此同时,他又觉得很意外,虽然他并没有规定每个人具体负责的任务,但每次他们都会积极出色地完成各项劳动。难道这次有什么原因吗?

原来,外祖父这次准备的奖励是一个轮船模型,这是霍桑和表弟都期盼已久的玩具。霍桑修剪完草坪,拎起水壶准备给玫瑰花浇水时,突然想到表弟渴望的眼神,他就想着把这个任务留给表弟,好让他得到奖励。可是没想到,表弟在完成扫地的任务,正打算去浇花时,也突然想到了霍桑，他知道霍桑非常喜欢轮船，而且霍桑的玩具很有限，想了一下后，他离开了后院，决定让霍桑去完成这个任务。于是两个人最后都没有浇花。

看着枯萎的玫瑰花，霍桑和表弟红着脸等待外祖父的惩罚。外祖父反问："我为什么要惩罚你们呢？奖励还来不及呢！"奖励？为什么？他们可是做了让玫瑰花枯萎的坏事呀！外祖父把手放在他们的肩膀上，笑着说："你们都不想让玫瑰花枯萎，是不是？不但不想，反而想让它更好。只是你们因为相互谦让，才让它枯萎了。其实你们做的是好事，虽然结果是坏的，但仍然值得奖励。"

"是外祖父让我知道，有些事情不能只看结果。有时候，也许事情的结果并不如人意，但它未必就是一件坏事。因为有些情谊是最珍贵、最难得的。"霍桑后来在一篇文章里这样写道。

导演的"恶意"

在38岁时,她接到了一部戏。对于一名好莱坞的女演员来说,年近40是一个很尴尬的年龄,很多前辈在40岁后就步入了边缘,然后销声匿迹。所以,她开始有意识地去瘦身,并买来很多让自己看上去更年轻的衣服和化妆品。确实,镜子里精心装扮后的自己,看起来并不输于那些年轻水嫩的女演员。

然而,当她认真打扮之后站在镜头前时,导演却并没有表露出想象中的赞赏。拍了一场戏后,她找到导演,想要改变剧中的角色——在剧中,她扮演三个孩子的母亲,这样的设定如何能让自己年轻漂亮起来?

"是的,也许真的需要改一下。"导演思虑片刻后说,"我觉得五个孩子更合适。"导演的话简直让她哭笑不得,这样一来,岂不是更要扮老?这之后,恐怕能接到的角色只会越来越少,甚至像很多前辈那样消失在影坛。那一刻,她觉得导演对她充满了恶意,而她也对导演感到无比的愤怒和反感。

不过,导演接下来的话,却改变了她的看法。导演说:"如果你愿意活在此刻的皮囊之下,你仍能当一个演员,或者是一名好演员。

但如果你假装自己还是个年轻女孩,甚至努力去掩饰,那你确实没戏了。因为你不可能永远装扮下去,你迟早要面对自己,所以你应该准备去接受人生的不同阶段。"

导演的一番话让她猛然清醒了。后来,她放下心理包袱,坦然接受了导演安排的角色,并努力去演好它。之后,她确实彻底与少女角色无缘了,但却开辟了一个又一个原本主流电影并不看重的女性角色的阵地,如今年近70岁,依旧活跃在好莱坞。是的,她就是在57岁那年,顶着一头白发却仍能凭借《穿普拉达的女魔头》这部电影获得巨大关注的梅丽尔·斯特里普。

"很感谢当年导演的那份'恶意',他让我明白,接受自己不同年龄段的样子并让它发挥出优势是多么难得和重要。当人们活着的日子越来越少时,就会更加希望做真正的自己,而不只是为了在别人眼中,自己看起来很舒服而已。"提起往事,梅丽尔·斯特里普轻松地笑着说。

小题大做的智慧

美国第十八任总统格兰特出生于俄亥俄州的一个小村镇。十几岁的时候,格兰特到一家农场打了份零工,一来能赚点零花钱补贴家用,二来对自己也是一种锻炼。

有一次,格兰特帮农场主威廉拖运木材,运送两趟之后饿得饥肠辘辘,格兰特便停下来打算吃一个面包再继续干活。不过,就在他刚吃完面包,准备干活的时候,恰好被威廉看到了。威廉非常生气,并为此大发雷霆,指责格兰特偷懒,还说要扣掉他半个月的薪水。

和格兰特一起干活的伙计们都为他打抱不平,其实他仅仅耽误了一分钟而已,况且也是因为威廉安排的活太多才来不及吃早餐的。但大家都只是敢怒不敢言,希望格兰特能够勇敢地跟威廉辩解。没想到,格兰特没有争辩一句,反而连连点头认错,并表示要在小镇张贴告示,对小镇上所有人表达自己的歉意和愧疚。威廉很满意格兰特的认错态度,伙计们却不解地纷纷摇头。

第二天,格兰特将"道歉启示"贴了出来,上面写道:"我在替威廉拖运木材时,因为太饿吃了一个面包,用了足足一分钟的时间,我拿着威廉付给的薪水，却用这一分钟来做自己的事情，实在是罪不可赦，相比而言，威廉扣半个月的薪水简直太恩慈了！我特意向威廉道歉，并且保证，以后绝不在干活的时候做任何自己的事情。"

随即，这则"道歉启示"在小镇上引起了轰动，但没有人指责格兰特的"失职"，反而一致声讨威廉的无情和苛刻。"他是人不是机器，肚子饿了吃东西不是很正常吗？""一分钟已经够快了，老板应该给他十分钟的时间。""拿着农场主的薪水，恐怕连为自己呼吸都不被允许了！"最后，在舆论压力下，威廉不得不收回自己的决定，并给格兰特他们留下了足够的吃早餐的时间。伙计们这才明白格兰特这样做的目的，对他的智慧赞不绝口。

有时候，面对一些明显不合理的结果，我们不妨顺着这个结果"检讨"，并"小题大做"，当它被放大和延伸之后，不合理性和漏洞便会更多地暴露出来，我们自然也更容易赢得公正的结果。

巧化"污点"为优势

20世纪初,欧·亨利与妻女在纽约定居,成了职业作家,创作了上百篇优秀的短篇小说。一时间,引起了众多读者的喜爱和追捧,经常有记者邀约采访,还有很多杂志社的编辑向他约稿,可谓名利双收。

一天,朋友突然拿着一份报纸跑进房间,一脸紧张地给他看上面的一篇文章,这篇文章的题目是《能想象吗?你热衷的小说是在监狱里写出来的!你还愿意欣赏吗?你确定它有价值吗?》

原来,几年前欧·亨利办过一份幽默周刊,后来奥斯汀银行指控他在任职期间盗用资金,之后他被判处5年有期徒刑。服刑期间,欧·亨利当上了监狱的药剂师,同时开始写作短篇小说,并相继在报刊上发表。

这个报道对欧·亨利的影响很大,不仅引起了众多读者的议论,很多杂志社也提出了解约的要求。朋友们都知道,这肯定是居心不良的人故意搞的事情,但他们却也无可奈何,毕竟欧·亨利坐过牢是事实,这确实是他的一个"污点"。不过,欧·亨利似乎并不着急,他淡定自若地说:"人们很快会重新接纳、喜欢我的作品的。"果然,几天后,原先众人的怀疑和否定一致转变成了赞美和钦佩,而找他约稿的杂志社也更加多了。

面对朋友们的疑惑，欧·亨利笑着拿出了一份报纸，在头版头条有一行醒目的字："即使在监狱里，我仍然能坚持写出大家喜欢的小说，那么现在，有什么理由不相信出狱的我能写得更好呢？对我而言，这份特殊的经历是一种警醒和鞭策；对我的创作而言，它更是宝贵的素材和阅历。"

报纸的"污点"报道对欧·亨利来说无疑是一次巨大的危机，但他巧妙地化解了"污点"，把危机变成转机，甚至把原本的劣势转化为自身创作的特殊优势，巧妙地利用跳板跃上了更高的高度。

比尔·盖茨读什么书

有一家媒体就读书的话题采访了比尔·盖茨。大家都很好奇,曾经的世界首富会读什么书呢?同时也纷纷猜测,可能是一些极其小众的,众人闻所未闻的"秘籍",否则怎么会有如此的成就呢?

不过,比尔·盖茨的答案却出乎人们的意料。他的阅读书目很"接地气",其中不乏许多享誉全球的畅销书。贾雷德·戴蒙德的作品《枪炮、病菌与钢铁》,沃尔特·艾萨克森撰写的传记《乔布斯传》等都在比尔·盖茨的推荐书目之中。这些书我们也都读过呀,不可能只有这些吧?很多人表示怀疑。

果然,接下来,比尔·盖茨又说,除了这些畅销书之外,他喜欢的小众书也不少。其中有一个叫斯米尔的作家,他是捷克的加拿大籍科学家和政策分析师。虽然他在国内名气不大,但比尔·盖茨非常喜欢他的作品,他的作品涉及的主题广泛,从全球能源到人类该不该吃肉。据说他的作品也俘获了马克·扎克伯格的心。另外,比尔·盖茨也会读一些别人推荐的作品,如果觉得好,他都会找来阅读。

显然,上面的答案并没有满足人们的好奇心。比尔·盖茨的这些阅读习惯众人也都有，似乎并没有什么特别之处。

后来，记者又补充道，比尔·盖茨很喜欢读书，从上学时开始，他每年的阅读量在100多本书左右，平均一周要读两三本。事业忙碌起来之后，他每年的阅读量也至少在50本书左右，基本保持在一周读完一本书。而且，比尔·盖茨在个人博客上专门设立了一个栏目"阅读书目"，除了推荐一些自己喜欢的书目，还详细记录了他的读书笔记和读后感。这么多年下来，比尔·盖茨阅读过的书多达几千本。

"也许，读什么书并不重要，重要的是你坚持不懈地读了吗？你读书的时候认真思考了吗？读过之后你有没有总结自己的收获呢？而这些，可能就是你和比尔·盖茨的差别所在。"这名记者最后笑着说。

不做选择也是一种选择

奥里森·马登是美国《成功》杂志的创办人，是家喻户晓的成功学之父。马登出生在一个非常贫困的山区家庭，从小就寄人篱下，常常忍饥挨饿。14岁的时候，马登到一家锯木厂干活，虽然工作仍是非常辛苦，但至少有了安身之处，而且也能吃饱饭，于是马登便在此安顿下来。

然而，时间久了，老板吝啬、趋利的本性逐渐暴露出来。他开始让马登做更多的工作，却又无故克扣马登的薪水，尤其是最近半年来，每个月给马登的薪水都会少5美元。听了马登的抱怨，朋友们都替他愤愤不平，指责老板太过分。马登只是摇着头懊恼地说："只怪我当初太傻了，还以为老板是个好心人呢！"

两个月后，马登拿着一再缩减的薪水，直叹自己命苦。这时，突然有朋友反问："可是，这不是你的选择吗？"马登瞪着眼睛，不解地反驳："这怎么是我的选择呢？难道我希望老板对我如此苛刻吗？我没得选择，只能接受这样的现实。"朋友摆摆手说："不，那就是你的选择。虽然你无法改变老板的决定，但你可以掌控自己的行为呀！老板既然如此苛刻，你为何不肯离开呢？说到底，是因为潜意识里的懦弱和胆怯，你怕离开老板找不到更好的工作，也怕会失去饱食的生活。对吗？所以说，虽然你没做选择，但这其实就是一种选择。"

朋友的话让马登愣住了，他突然觉得，朋友说得非常对，只是自己之前完全没意识到自己内心的想法。随后，马登选择了辞职，一边另寻工作，一边抓紧一切时间和机会读书，最终取得了事业上巨大的成功。

很多时候，一些人习惯于假装自己没有选择，所做的一切都是被迫的，这样便可以理所当然地不作为。但其实，大部分情况下，不做选择也是一种选择，是一种潜意识上的逃避和推卸责任。因为选择是一件需要力量和勇气的事情，但只有占据了主动，我们才有机会获得更好的人生。

成为那个合适的人

大卫·林奇是美国著名的导演、编剧。童年时，林奇的志向是做一个书画刻印艺术家，学期结束时，兴趣组的老师给他们布置了一个作业：设计一个品牌刻印。当然，他们可以找一名队友来合作，因为依靠他们的个人能力尚不足以完成这项任务。

为了尽快完成老师布置的作业，林奇和同学们都开始积极地寻找队友。林奇在设计方面比较薄弱，所以他想找一个精通设计的队友。其他同学有的想要找擅长绘画的，有的想找着色厉害的，有的想找强于刻印的……可是，眼看着过去了一周，同学们都还没有找到最"合适"的队友。

回到家中，林奇还在为找队友的事情发愁。这时，正在修理桌子的父亲请他帮忙拿一颗螺丝。林奇翻遍了工具箱，只找到了一颗很小的螺丝，很显然，这并不符合父亲的要求，而且似乎还差很多。林奇对父亲说："等一下，我再去帮你找个合适的。""不用，把这颗给我就行了。"父亲说着，伸手接过了这颗螺丝，把它安装进去后，又找了一小块木条嵌了进去。看着修理后牢固的桌子，父亲笑着说："与其花时间苦苦寻找合适的，还不如直接把它改造成合适的。"

父亲随口的一句话一下子提醒了林奇！同学们都在找"合适"的队友，为什么自己不可以是那个"合适"的队友呢？接下来的一段时间，林奇勤奋练习，弥补了之前的缺陷，终于不再为找队友而发愁了——每个人都想和他成为队友呢！虽然后来林奇没有在书画刻印方面继续发展，但这个思想却影响和改变了林奇之后的人生，不断积极努力的他最终获得了理想中的成功。

这个世界上，每个人都想找到那个合适的人。但是，却从来没有人想着要去成为那个合适的人。有时候，如果你能改变一下思路，会发现，曾经被动的艰难的事情会一下子变得轻松而主动。

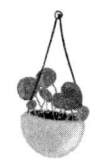

为不鼓掌而鼓掌

四年级时，约翰在印第安纳州的一所天主教会学校就读。约翰成绩优异，也很喜欢体育运动，尤其喜欢踢足球。学校里的足球教练威廉姆邀请约翰加入了学校足球队，后来又对约翰的努力和球技颇为赏识，让他担任了足球队长。而约翰在威廉姆的指导下，足球也踢得越来越好。

有一次，威廉姆带领众人踢球归来后，说要去参加一场演说。队员们听后决定一同前往，去替教练捧场，一向喜爱威廉姆的约翰自然也没有落下。这是一场有关民主权利的政治演说，很多党派人士都发表了看法。威廉姆的演说结束后，足球队的队员们全都热情地鼓掌表示支持。然而，让众人意外的是，约翰竟然没有鼓掌，他只是静静地站在原地，没有做出任何表态。

对于约翰的"反常"，队员们私下议论纷纷。有人索性直接问约翰不鼓掌的原因，约翰回答说："因为我不同意教练的政治主张。""可是教练对你那么好啊！而且你不怕他以后为难你吗？"对方不可置信地说。约翰点点头，继续说："是的，我知道教练对我很好，我也很尊敬他，在生活里的各个方面，我可以全力支持他。但在这方面，我做不到，我无法违背自己内心的立场去附和他。"

威廉姆刚好听到这番话。他非但没有生气，反而鼓起了掌，并笑着说："你做得很对！坚持自己的立场，不因私情或强权所改变，这对自己、对别人，都是最大的尊重！"而之后，威廉姆仍一如既往地对约翰教导、训练，而且还多了一分敬佩。

约翰一直保持着这份敢于不鼓掌的勇气，直至后来在哈佛法学院获得法学博士学位，成为美国联邦最高法院第17任首席大法官。是的，他就是约翰·罗伯茨。提到往事，约翰·罗伯茨说："司法是公正公平的，在法律面前人人平等，如果你不同意某种立场，完全可以选择不鼓掌。当然，不鼓掌固然可贵，但威廉姆教练为不鼓掌而鼓掌的行为更可贵，更值得赞美。"

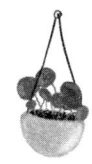

希望你忘记我的帮助

20世纪60年代末,正在读中学的艾伦每个周末都会和朋友们一起去打排球。有一次,艾伦打完球回来时已是晚上10点多钟。路过一条街的拐角时,艾伦看到墙角似乎坐着一个人,当时下着大雨,那个在雨中的孤单的身影让艾伦感觉非常奇怪。尽管朋友们一再催促快点走,艾伦还是决定停下车去看看怎么回事。

坐在那里的是一个叫比尔的中学生。他告诉艾伦,自己来自西雅图,来这里游玩一天打算回去的时候,不幸碰到几个劫匪,抢走了他身上所有值钱的东西。比尔浑身脏兮兮的,腿也受了伤——他的样子看起来狼狈极了!最后,艾伦帮比尔报了警,并热心地把他送回了家。

几个月后,在新学期的开学典礼上,朋友突然对艾伦说:"快看,那个新生不是比尔吗?"艾伦点了点头,却拦住了想要去找比尔的朋友。朋友不解地问:"既然认识,为什么不能去打个招呼呢?再说我们还帮助过他呢!""正因为这样,我才不想去找他。我甚至希望他不记得我,也忘记我曾对他的帮助。"艾伦认真地说。

看到朋友更加疑惑,艾伦接着说:"如果我们旧事重提,会让他回想起那个难堪和狼狈的时刻，让他再一次感受到当时被伤害的感觉。我希望我们对他的帮助和影响是微不足道的，这说明那次伤害对他并不严重。"朋友点点头，暗暗对艾伦竖起了大拇指。

其实，在开学典礼上，比尔早就看到了艾伦，但因为爱面子，他没有去和艾伦打招呼。不过后来，因为同样都对计算机着迷，他们还是成了好朋友。直到后来成为最好的商业伙伴，共同创立了微软公司。是的，他们就是保罗·艾伦和比尔·盖茨。

在一次访谈节目中，比尔·盖茨感慨地说："一直以来，我们都没有提起过当年的那件小事，但在我心里，却一直保存着对艾伦的那份感激。他的善良、体贴和真诚是除了商业才能外，最让我欣赏的东西。"

歌德向富豪学习

德国文学家歌德出生于一个富裕的市民家庭。因此,歌德从小便享受到了良好的家庭教育,十来岁时,还学习了骑术和击剑。

在学习骑术的过程中,歌德结识了一位忘年之交——老威廉。老威廉是当地声名显赫的富豪,他的身上有一种独特的气质,举手投足都与众不同,尽显自信、成熟的风范。歌德被这种气质所吸引,对老威廉非常羡慕和崇拜,并打算向他学习。于是,歌德便有意观察老威廉的举止,然后悄悄地模仿他下马时的姿态、品酒时的神情,以及开香槟时潇洒的动作。当然,老威廉手腕上戴着的名表和手里的皮包,也是歌德追求的东西。

老威廉似乎察觉到了歌德的异样,他疑惑地问歌德在做什么?歌德认真地回答:"我在效仿你,向你学习呀!"老威廉听后哈哈大笑,对歌德说:"我带你去我的庄园,给你看一样真正值得效仿的东西。"歌德欣然答应。

"哇!你的庄园好大好气派呀!"歌德兴奋地说,"这是你想让我看的东西吧?"老威廉摇摇头说不是。看到屋子里华丽的装潢和摆设时，歌德又叹道："是这些吗？"老威廉还是摇了摇头。接着，老威廉带着歌德来到了一个摆满照片的房间。在这些照片上，老威廉身着简陋的衣服挥汗如雨地干着活，拖着沉重的货物在风雨里奔波……在照片的旁边，放着一双非常破旧的皮鞋，它的鞋底几乎快要磨光了。

老威廉指着这些东西说："如果你觉得我现在看起来值得羡慕的话，是因为有过这些艰苦的付出。这才是我想给你看的，也是真正值得你效仿的东西。"听着老威廉的话，看着这些照片，歌德顿时明白了自己的肤浅，也知道以后该怎样去做了。

如果你想要向成功的人学习，想让自己变得更好。那么，你需要学习的是人们成功前的探索、专注和坚持，是风吹日晒的努力和付出，而不是他们富贵之后的成果和享受，因为那些毫无意义。

罗斯福分期捐赠

富兰克林·罗斯福是美国第32任总统,他是迄今为止在任时间最长的总统。罗斯福家境优越,为人豪爽,常常给身边人力所能及的帮助。

罗斯福在哈佛大学读大一时,有个叫托尼的同学家庭突遭变故,一时失去了所有的经济来源,甚至无力继续支付读书的费用。热心的罗斯福安慰了无助的托尼,还承诺资助他1万美元。这对托尼来说无疑是雪中送炭,1万美元足够他接下来的1年的花费了!

不过,罗斯福给了托尼2500美元之后就没有动静了。这些钱只够缓解托尼当下的危急,他不得不想办法打各种零工来维持接下来的各种花费。1年之后,罗斯福似乎突然想起了这件事,又给了托尼2500美元,但这仍远远不够支付托尼各种必需的花费,托尼在学习之余,还要想办法赚取生活费。

就这样,在第三年,第四年,罗斯福又分别给了托尼2500美元,这样加起来,刚好是当初他承诺的1万美元。同学们都议论纷纷,"这算不算出尔反尔。""对呀,当初说资助一万美元,没想到是这种方式。""这不是骗人吗?"对此,罗斯福没有任何解释。托尼却站了出来,他对大家说:"罗斯福这样做是对的,我非常感激他,如果不是这样,可能我无法走到现在。"

托尼说,家庭的变故对他的打击非常大,让他一下子失去了对未来的期待和动力。真正让他走出阴影并振作起来的是罗斯福另类的做法——如果一下给他1万美元,他很可能继续浑浑噩噩地度过一年,但一次只有2500美元,他就只能振作起来,赚取剩下的费用。而且在这个过程中,托尼积累到了很多经验和能力。

罗斯福告诉朋友,给人金钱上的帮助很简单,但想要给人思想上的帮助,就需要花费一些心思、讲究一些方法了。而他的"分期捐赠",就是想在唤起托尼对生活的希望的同时,也激起他战胜困难的决心。

如果牛顿还活着会怎样

保罗出生在英格兰西南部的一个小镇。他从小就表现出了超于常人的思维能力和动手能力,家里的玩具包括各种电器,他都能够拆开然后再完好无损地装上。十几岁时,保罗常常自己琢磨思考,并动手制作出一些玩具和小物件。为此,保罗赢来了许多同学赞美和羡慕的目光。

渐渐的,保罗变得骄傲起来,他觉得自己与众不同,走到哪里都想得到人们的关注。有一次,保罗去学校的图书馆借阅书籍,刚好到了下班时间,管理员让他明天再来。保罗很生气,当即和管理员争吵起来,生气地说:"你知道我是谁吗?我是保罗!"但最后,管理员还是按照规定拒绝了保罗的请求。

回到家后,保罗还在为此事郁闷。这时妹妹贝蒂跑过来,笑着对他说:"哥哥,我问你一个问题:如果牛顿现在还活着,世界会发生什么变化?"保罗很喜欢妹妹,而牛顿又是他最崇拜的科学家,于是他开始认真思考这个问题。想了半天之后,保罗说:"牛顿发现了万有引力,在力学上,他阐明了动量和角动量守恒的原理,在光学上……不过,他的理论也有狭隘之处,即使生活在现在,受各方面条件的制约,不一定有更伟大的发现……"

"笨蛋！"贝蒂哈哈大笑起来，说，"如果牛顿还活着，这个世界会多了一个人。这是最直接的变化。"听了贝蒂的话，保罗一下子愣住了！虽然这只是一道脑筋急转弯，却让保罗瞬时明白了很多东西。

此后，保罗收敛了心性，变得更谦虚也更勤奋，直至后来获得了一系列出色的成就，还在1933年获得了诺贝尔物理学奖。他就是英国著名的理论物理学家，量子力学的奠基者之一的保罗·狄拉克。

在一次演讲上，保罗·狄拉克说："永远不要自以为是，即使伟大如牛顿，也不过让世界多了一个人而已。我们又有什么资格骄傲呢？唯一值得我们做的，就是不断地努力。"

只要多一次就是成功

约翰·塞纳是美国著名的摔跤选手。幼时,塞纳的小伙伴们大多喜欢摇滚乐,而塞纳喜欢嘻哈音乐,他常常效仿电视里的那些嘻哈歌手,穿着宽大的衣服和裤子。这样一来,塞纳就显得很不合群,小伙伴们经常嘲笑他的穿着,还因此而欺负他。

塞纳当时身材瘦小,每次和小伙伴们打架,他都没有赢过,有时还会被小伙伴推倒在地无法起身。可是,虽然塞纳吃尽了苦头,但他似乎根本不在意,每天依然开心地哼着歌,好像躺在地上的从来不是他。

一次,塞纳的好朋友担忧地说:"你没有想过改变现状吗?我是说,大家常常会和你打架……""小孩子打架不是很正常的事情吗?"塞纳不解地反问。好朋友继续说:"可是,一个人总是被欺负,就不太正常了吧!"塞纳笑了笑说:"我并不是每次都输的呀,实话说,总体上看,我还赢了呢!"

好朋友吃惊地看着塞纳,不知道他"赢"在哪里。塞纳解释道:"我被推倒在地没有起身的次数是98次,而推倒后又站起来的次数是99次。""天呐,好可怜。不过,这说明了什么?"好朋友摊开双手问。

"我站起来的次数比躺在地上的次数多啊。"塞纳笑着说,"只要多一次就是成功!"

是的,只要多一次就是成功。正是怀着这样坚强乐观的心态,塞纳从来不曾沮丧,也没有丧失信心,后来他学习了摔跤,并凭着不懈的努力,3次获得世界重量级冠军,3次获得全美冠军,14次获得WWE冠军。不仅在摔跤娱乐界颇有人气,同时也是一位出色的演员和歌手。

在人生的漫长旅途中,我们不可能永远一帆风顺。我相信,每个人都有被击倒的时候,这并不可怕,更不代表失败。你要做的就是爬起来,继续拼搏。因为人生站起来的次数,比被击倒的次数多一次,这就叫成功。

一眼识坏人

西奥多·德莱塞是美国著名的作家。德莱塞从小生活在印第安纳州的一个小镇上,虽然这里的经济条件不是太好,但小镇上的居民都淳朴、热心、善良,他们总是力所能及地帮助别人。多少年来,小镇上从来没有发生过任何治安事件,居民们也从来没有发生过争吵和矛盾。德莱塞度过了一个快乐的、无忧无虑的童年。

因为家境贫寒,中学没有毕业,德莱塞就独自去芝加哥谋生。德莱塞租住在一条小巷子里,他的邻居是一个高大魁梧的男子。时间久了,德莱塞得知邻居是一名警察,因为这一带盗窃事件频发,他奉命到这里卧底追查。

这天,警察外出"工作"时,德莱塞正好无事可做,便当做"掩护"与他一同出去。在街上走了没多久,德莱塞突然指着一个人,悄声对警察说:"那个人是坏人。"警察将信将疑,尾随着那个人,果然在他准备行窃时抓了个正着。一开始,警察以为是巧合,没想到接下来在德莱塞的指点下,他又抓到了两个小偷。

"你是怎么做到的?"警察一脸吃惊地问,随即他又接着说,"我知道了，一定是你生活的地方有很多坏人。""不，恰恰相反。我生活的地方没有一个坏人，我之前甚至没有见过坏人。"德莱塞回答。警察更加不解："既然没有见过坏人，为什么一眼就能识别出来呢？"德莱塞笑了笑说："从小到大，我接触到的全部是良善之人，早就习惯了他们的言行举止。而刚才几个人的言行让我感觉很不舒服，所以他们一定有问题。"警察听后，佩服得连连点头。

　　正是因为有这样的认知，德莱塞的作品贴近广大人民的生活，诚实、大胆、充满了生活的激情，因此受到了很多读者的喜爱。其实，很多时候，想要区别好坏，并不需要与"坏"泡在一起，熟悉了与之相反的"好"，自然能一眼识别出"坏"。

奖励"造谣者"

威廉·福克纳是美国文学史上最具影响力的作家之一。福克纳出身名门望族，幼时就喜欢写作并一直为此而努力，在20世纪30年代末，福克纳登上了《时代周刊》的封面，并发表了一系列颇具影响力的小说，获得了很多奖项。可谓是名利双收。

一日，一个朋友拿着一张报纸找到福克纳，激动地说："有人在报纸上造你的谣！"福克纳接过报纸，看到一篇署名为约翰的作者写的文章，文章在结尾写道："福克纳宣布退出文坛，他再也写不出来一个字，因为所有的酒吧和妓院都关了门，他的家里也没有一瓶存酒了。"因为这篇文章，这份报纸的销量是往日的很多倍，很多读者都饶有兴致地议论着福克纳的"癖好"。

"太过分了！这是在暗示你的灵感是靠去酒吧和妓院获得的。找到这个约翰，追究他的责任。"朋友愤愤不平地说。福克纳跟着点点头，说道："没错，一定要找到约翰。"没过多久，福克纳就找到了"造谣者"约翰。但是出乎所有人意料的是，福克纳非但没有谴责约翰，反而请他吃了饭，还送给了他几本自己的书。

朋友们都很不解,这不是在奖励造谣者吗?"对呀,为什么不能奖励呢?"福克纳笑了笑,解释道,"如果你把它当作污蔑,就会感到烦恼;可如果你把它当作一个玩笑,就会感受到其中包含的善意的提醒。所以我要感谢约翰对我的监督,以后我要少喝酒,毕竟酗酒对身体很不好。而且我还希望他以后能给我多提意见呢!"

不仅如此,福克纳还用自己的诺贝尔奖奖金中的一部分设立了"福克纳小说奖",用以鼓励和支持年轻的小说家,因为他发现约翰的文章短小精悍,非常巧妙。而像约翰这样的年轻创作者还有很多,福克纳希望能帮到他们。

一个能开得起玩笑的人,一定有宽广的心胸,能得到更长足的进步;而一个能开得起玩笑的社会,也一定能变得更和谐,得到更大的发展。

先制造问题，然后再解决问题

20世纪20年代，一家生产消毒产品的公司推出了一款杀菌水，声称可以代替牙膏，消灭口腔里的细菌。然而，这款产品却迟迟打不开销售市场。公司负责人乔丹·兰伯特想了很多办法，甚至不惜重金做广告，向人们宣传这款杀菌水的功效。销量却依然没有什么起色。

一日与朋友聊起此事，朋友摊开双手说："我不认为口腔里会有什么细菌，我是说，毕竟我们都看不到。而且，牙膏应该足以解决这些问题了吧！""可是这款产品有更好的杀菌效果。"兰伯特反驳道。"谁能看见呢？"朋友摇了摇头，接着说，"除非你能解决其他看得见的问题。"

兰伯特认同朋友的说法，开始思考口腔里还会出现什么问题。这款杀菌水能够很好地消灭口腔里的各种菌群，用过之后还会留下淡淡的清香。那么，在用这款杀菌水之前，口腔里是什么味道？与这种清香比起来，人们嘴里原来的味道是不是就是一种"臭味"了呢？

想到这里，兰伯特突然产生了一个大胆的想法。他随即推出了一系列广告，告诉人们有一种简单的口腔疾病叫"口臭"，它会让你吐出来的气息变得很难闻，让大家在背后偷偷地讨厌你。当时在报纸上有一则广告，配图是一个女生在聚会上被大家冷落，旁边写着一句话："你永远不知道你是不是患有口臭病"。这则广告覆盖面非常广，几乎每个人都记住了那个可怜兮兮的女生，并开始担忧自己会不会也遇到这种问题。不过，人们的担心不用太久，因为紧接着，广告就给出了解决的办法："用这款杀菌水能很好地消除口臭。"

于是在一夜之间，人们都知道了"口臭"这个问题，同时也找到了解决的办法。这款杀菌水迅速打开了市场，在随后的几年内，销量从11.5w美元暴涨到800w美元。

没错，它就是拥有125年历史的李施德林漱口水。其实很多时候，贩卖产品就是在贩卖问题，而如果没有问题，那就先制造问题，然后再解决问题。产品的销售自然不在话下了。

让不了解的人做决定

美国英特尔公司成立于1968年,到了20世纪80年代,英特尔还是一家存储器公司,经营重点都在存储器上面。但因为日本存储器的价格竞争,英特尔已经连续6个季度亏损。面对这样的困境,总裁安迪·格鲁夫和董事长兼首席执行官戈登·摩尔一时间也手足无措,不知道该采取怎样的举措。

很显然,照此状态继续发展下去,前景似乎并不乐观。可是如果放弃这项业务,他们又是十分不舍的。从建立公司开始,他们就一直在做这项业务,并为它投入了大量的时间和精力,如果放弃继而转向新的业务,前面所有的付出就等于白费了。这正是他们矛盾和纠结的地方。

这天,格鲁夫找来公司各部门的经理,让他们给出建议:如果你是新任的总裁,你会采取什么行动?这些经理毫无例外地都选择了放弃存储器的生意。听了他们的意见之后,格鲁夫当即拍板:"好,就这么决定了!"

不过,这却遭到了摩尔的强烈反对:"简直就是胡闹!你知道吗?虽然他们的能力不错,但他们在公司的时间并不长,完全不了解公司的发展历程，更不了解我们打拼到现在所付出的努力……"

"这恰恰是我让他们做决定的原因。"格鲁夫打断摩尔的话，接着说，"他们不知道我们过去的付出，也不需要承担过去的成本，只需要根据当下的局面做出最合适、最有利的决定就行了。而这，却是我们做不到的。"摩尔沉思片刻后，点了点头。最后，他们果断放弃了存储器业务，推出了全球第一个微处理器，不仅让公司重见生机，微处理器所带来的计算机和互联网革命，也改变了整个世界。

有时候，面对一些抉择时，我们会因对过往的留恋和经验而纠结、束缚。这时，不妨听听不了解的人的意见，或者换一种身份和视角重新审视一下。也许能跳出当前的困境，做出最明智的选择。

第 2 辑

"你永远不知道别人有多拼命"

当我们在生活中感觉累、感觉委屈,甚至感觉撑不下去时,不妨问自己一句:你知道别人有多拼命吗?你是否也做到了这样?也许,这个答案会让我们重新振作起来,带着满满的动力和信念走下去。

你能抽出一分钟的时间吗?

新找的这份工作让科林变得有些忙碌,不过薪水对他来说足够高了,所以总体来说他还算满意。为了工作起来更方便,他从父母家搬了出来,租住在一间单身公寓里。

自从开始一个人住,科林的生活变得忙乱不堪。以前每到周末的时候,他可以开心地和朋友聚会、郊游,或者舒服地躺在家里看电影、听音乐。可现在,他不得不花上一个早上的时间去整理房间,铺好乱糟糟的床,把扔在沙发上的大衣挂好,清理一下地板,还要去厨房清洗积累一周的盘子——他的工作太忙了,所以每天晚餐的盘子就一直留到了周末。虽然都是一些细小的事情,但做完这些常常让他筋疲力尽,完全不想再做其他事情,有时甚至还会占用一整天的时间。悠闲放松的周末就这么泡汤了,这让他感觉无比糟糕。

一个周末,科林回父母家里拿东西,他们刚刚结束一场美好的野餐归来。这时科林突然想起来,父母平日工作也很忙,但印象中他们的周末从来都很悠闲,而且家里也时常井井有条,完全没有他遭遇的焦头烂额的状态。他们是怎么做到的呢?

"噢，可怜的孩子。"听了科林的倾诉，母亲拉起他的手轻轻拍了两下。接着又一脸疑惑地问："可是，为什么要拖到周末才整理房间？"

科林摊开双手，无奈地回答："因为我每天都很忙呀，上班时间塞得很满，下班后还要赶任务、做报表……"

"那么，你能抽出一分钟的时间吗？"母亲打断他的话问。

科林迟疑了一下，点点头，肯定地说："虽然很忙，但抽出一分钟的时间还是可以的。"

母亲笑了笑，说："那就行了！你知道吗？一分钟其实可以做很多事情，比如餐后及时清洗盘子，把脱掉的脏衣服放进洗衣机……如果每天这样做，你就能好好享受周末时光了！"

母亲的话听起来似乎很有道理，但一开始科林并不打算这样做，他觉得它会打乱自己的工作计划。但失去大好的周末时光又让科林痛心不已，于是他决定试一试。不过一周之后，科林已经完全爱上了这种方式，它不仅没有影响他的工作，反而让他重新拥有了轻松惬意的周末。

直到现在，科林都保持着这样的习惯。他把它称之为"一分钟法则"：如果你发现做一件事情需要花的时间不到一分钟，那么就立刻去做。是的，其实大部分的小事都不像它们看上去那样让人讨厌，而且最后的结果也值得我们在这些事情上所花费的每一分钟。

因为怕死,所以成功

2016年7月,美国一个名叫卢克·艾金斯跳伞爱好者,在7600米高空从飞机上跳下。不过,和其他跳伞者不同,卢克跳伞时不带降落伞,只身以接近每小时200公里的落体速度下降,而在地面上,能接住他的只有一张1/3个足球场大小的大网。最后,卢克成功挑战了这个几乎不可能完成的任务,成为人类历史上第一次尝试"无伞跳伞"并获得成功的人!

卢克的举动赢得了很多人的佩服。大家都由衷地赞叹:卢克真勇敢,他可真是不怕死。记者在采访卢克时,也问:"要知道,无伞跳伞绝对是一个高难度的挑战。在此之前,你是不是做好了死亡的准备?""不,我很怕死。"卢克连连摇头。

卢克说,他出生在一个跳伞世家。12岁就第一次尝试了双人跳伞,16岁那年,自己独自跳伞成功后,就没有停止过跳伞。他一年要跳800多回,到目前为止已经有18000多次的跳伞经验。

两年前,朋友无意中提及"无伞跳伞"的想法,并且认为只有卢克有足够的技术、足够的机智和足够的细心来完成这个挑战。卢克对此很感兴趣,但他并不敢贸然尝试:"我可不敢玩命。"后来,卢克去找了专家咨询这个挑战的可能性，没想到居然得到了专家的认可。

于是卢克便开始做各种跳伞前的准备。他们把降落地点安排在加州一个老的电影拍摄场地，周围由小山围绕，降落地附近视野开阔。为了能安全降落，他们在地面上设了一张有1/3个足球场大小的大网，材质坚硬又能防止反弹，架设的高度足足有20层楼高。虽然是这么大的网，但是刚从飞机上跳下时，基本上看不太清，所以降落地附近还装了灯，灯光保证卢克从跳下的第一时间就能准确地掌握降落地的位置，同时灯光还会根据卢克降落的路线改变颜色，一旦偏离路线就会发出警告的灯光颜色。

为了保证万无一失，在正式挑战前，卢克做了很多实验，从飞机上往下扔各种重物，看是否可以顺利降落。他还亲自试跳了34次，就是为了找准从空中进入网兜的感觉，虽然在试跳时每次都会在离地面1000米的地方打开降落伞。

做了一系列的准备工作后，卢克心里终于有了把握，他自信地告诉大家："我一定能跳得准！"果然，卢克最终顺利地完成了挑战。

"我知道有些人觉得会尝试这种挑战的人应该是视死如归的，但是我不是。我不会仅凭运气就这么从7600米高空跳下来，我必须要有万全的把握。因为我怕死，所以我才赢得了最终的成功。"卢克笑着对记者说。

一份休业通告

年轻时，我犯过一次错，并为此付出了不小的代价。从监狱里出来后，我打算重新开始，却发现一切并不如我想象的那么容易。人们看向我的眼神充满了鄙夷和嫌弃，甚至连我的家人都刻意与我保持着距离，我似乎一下子成了被整个世界遗弃的人。

后来，我离开家乡，辗转来到了加利福尼亚州，幸运地在卡皮托拉小镇上的一家餐厅找到了一份厨师的工作——在此之前，我接受过烹饪训练，而且手艺还不错。我的老板是一个身材魁梧的大叔，不过他并不像其他年纪相仿的大叔那样善谈，甚至有点不苟言笑，很多时候都只是默默地做着事。

空闲的时候，老板会坐下来和我聊几句，他谈得最多的是自己的家人。他很爱他们，这在他平日的表现里也可以看出来。有时候，他也会询问我家人的情况，虽然只是一些简单的问题，却让我难以作答。从离开家乡到现在，我已经有四五年没有见过家人了，只在每年圣诞节时寄一张明信片和一些物品回去。听了我闪烁其词的回答，老板只是沉默着，并没有继续追问。

有一年7月份，我收到哥哥寄来的一封信，他说父母很想念我，希望我能回去看看他们。这是父母第一次开口让我回去，我既惊喜又感动，父母终于原谅我并且肯再次接纳我了！但同时我也很为难，七八月份正是这座海滩小镇的旅游旺季，也是一年中难得有生意的时候，其他时间我们几乎都很清闲，而现在我们每天都忙得不可开交。在这种情况下，我不确定老板会同意我请假，甚至都不好意思去跟老板提出请假的请求。

然而，恰好在我收到信的第三天，老板告诉我餐厅即将休业，时间为两周。听到这个消息，我激动地差点流出眼泪，这简直就是上天的安排呀！不过对于为何要在旺季休业这个问题，老板并没有回答我，我也没时间想太多。

与家人度过开心快乐的两周之后，我又来到了卡皮托拉小镇，那是一个晨光微曦的早晨，整个小镇似乎还在安睡之中。走到餐厅门口，我看到紧闭的大门上挂着一个木牌，上面是一份暂时休业通告：我们的大厨在来到餐厅工作之前，因为各种原因，已经有四五年没和家人见过面，而现在他终于有机会和家人相聚了，所以我们决定休业两周，让他可以回去看看他的家人。给您造成的不便我们深感抱歉，一旦他回来后，我们很欢迎您继续光顾我们的餐厅。

比起刚得知休业时的激动，我现在更是激动得无以复加。原来，老板早就知晓了一切，这次休业，是他专门为我设置的休假。没错，它在黄金度假期，但却远远比金子更宝贵。

黑暗触发的灵感

在美国加州的沃尔逊小镇上，每到傍晚华灯初上时，林立的建筑物的窗口处都会投射出绚烂的灯光，如同白昼般照亮了整个黑夜。然而，有一座建筑却没有一丝灯光，像一只孤独的野兽静静地匍匐在建筑群中。与周围被华丽的灯光笼罩的建筑相比，这座建筑显得格外幽静与神秘。也许会有人以为这是一座废弃的建筑，里面空无一人。其实，这座建筑是一家著名的广告公司，里面正有上千名员工在工作！这是怎么回事呢？

朱迪是斯力克广告公司的一名小职员，初入职场的他感到了沉重的压力。这天傍晚，朱迪坐在电脑前发愁。为公司增加知名度的广告方案被上司批驳地体无完肤，他已经改了三次，都没有得到上司的肯定。上司咆哮的声音似乎还在他的耳边回响，"朱迪，明天早上如果再做不出满意的方案，你就不用再来了。"

朱迪很需要这份工作，他绞尽脑汁想要设计出更合理的方案。可是，坐在宽敞明亮的办公室里，他的大脑一片空白，没有一丝灵感。头顶炫目的灯光照得他眼发黑、头发晕，心里的烦躁像加入催化剂的分子般加速活跃着。举目四望,身边的同事们投向他的眼神似乎也带着嘲讽和不屑,这让朱迪更加不安。

正在这时,突然停电了。整个办公室陷入了一片黑暗,只有一丝若有若无的月光从窗外照进来。由于很少停电,刚开始时办公室起了一阵喧哗。可是,慢慢地,同事们都渐渐地安静下来,大家静静地坐在黑暗中,享受这难得的幽静的时刻。朱迪烦躁的心绪也在停电的这一瞬间平复下来,紧张和焦虑全都消失不见,他感到了难得的轻松和舒适。静坐了一会儿,朱迪的脑子里灵感突现,一个创意浮出水面。朱迪感觉这是个绝妙的创意,一定可以让上司满意。

来电后,朱迪赶快把这个创意做了出来。果不其然,这个广告方案从同事们众多的方案中脱颖而出,得到了上司的大力褒奖。高兴过后,朱迪陷入了沉思,自己之所以能得到这个灵感,跟突然的停电有着莫大的关系,可以说,正是黑暗给他带来了灵感。既然黑暗有这么大的作用,为何不把它发扬光大呢?朱迪找到老板,把这个想法讲给了老板。老板对此很感兴趣,并决定在公司里试行。没想到,"黑暗"效应受到了很多员工的肯定和欢迎。大家都说,在黑暗中,自己的创意表现能力会发挥地更加自由,感觉没有任何约束、自主性大大增强,而且黑暗可以适当地掩饰自己的小错误和不太雅观的小动作,可以躲避他人无意的目光,让人感觉更舒适更放松,灵感自会如喷涌的泉水般源源不断。

于是,每天傍晚,斯力克广告公司便会停电两个小时,员工们的思维会在这两个小时里如鱼得水,不断涌现更佳的灵感。而黑漆漆一片的公司大楼本身就是一个非常好的广告,它的独特吸引了很多人的注意,使得斯力克广告公司名声大振。这其实才是朱迪当初在黑暗中迸发出的力压群雄的广告灵感。

"1+1>3"的智慧

亨利和詹姆合资在纽约开了一家小珠宝加工店。他们两个从学徒时就在一起,相似的性格和共同的生活经历让他们结下了深厚的友谊。小珠宝店的生意很冷清,除了缴纳昂贵的房租和维持日常的基本开销外,就所剩无几了。但他们之间互相关心、互相帮助,生活过得倒也温暖有爱。

一天,小店打烊后,詹姆愁眉不展地独自坐在店里喝闷酒。亨利看到后忙关切地问詹姆出了什么事?詹姆难过地说,他打算向女朋友求婚,可做他们这行的小手工艺人都知道,自己虽然做着珠宝加工的生意,但那些珠宝却都不属于自己,唯一攒下的那颗,还特别小,只有1克拉。

"我的女朋友很爱我,她不会介意我送她小钻戒。可是她的姐姐最近也打算结婚了,她姐姐的男朋友送给她的钻戒足足有3克拉。你知道,我不想让女朋友受委屈,觉得没面子,我想给她一个体面的、拿出手的钻戒……"詹姆脸上的表情黯淡下来,语气也变得低沉。作为詹姆最好的朋友,亨利很替詹姆难过,他突然眼睛一亮说:"我也有一颗1克拉的钻石，送给你吧。""即使你送给我，我们也只能换来一个2克拉的钻石，还是比不上她姐姐的。"詹姆叹了口气说。

亨利没有说话，只是坐在工作台前默默地思考、比画。墙上的时针一分一秒地跳动，两个小时之后，亨利突然大声叫起来："我有好办法了。我们可以做两个戒面，把两颗钻石连在一起，再镶嵌到戒指上。""这样可以吗？"詹姆不可置信地说。"两颗钻戒联到一起，在视觉上会造成更大的效果。而且两颗代表了成双成对，永不分离，多好的寓意呀！这绝对比3克拉的钻戒更拉风！"亨利自信地拍着詹姆的肩膀说，"相信我，1加1一定会大于3的。"

经过一个多月的研究和探索，亨利终于成功地把两颗钻石联在一起，巧妙地镶嵌到戒指上。詹姆看到这枚钻戒后，兴奋地几乎合不上嘴巴："简直太完美了！它看起来似乎比3克拉的戒指还要大！"当然，这枚特别制作的钻戒不仅让詹姆的女朋友尖叫连连，更吸引了很多人羡慕的目光。

没想到这个成功的设计竟大大提高了亨利的知名度，慕名而来找亨利定制特色戒指的人越来越多，所有见到过亨利手艺的人全都赞不绝口。后来，亨利便注册了一家"特色戒指公司"，不断地探索戒指生产的新工艺、新方法，并凭借自己多年卧薪尝胆积累的经验，最终成为"钻石大王"。

没错，他就是享誉世界的英国"钻石大王"亨利·彼得森。每次谈及自己的成功，亨利都会动情地说："是的，成功确实离不开勤学苦练、超高技艺，但更离不开智慧。只要合理地运用智慧，1加1一定可以大于3！"

IBM公司的"留人"法宝

1911年,托马斯·沃森在美国纽约创立了一家IT公司。公司自创立以来,就以迅猛的姿态占领了市场,托马斯·沃森在发展市场的同时,也非常注重人才的培养和引进,正是有了这些优秀的人才,公司规模更加壮大,经营业务也越来越广泛。

然而,到了20世纪40年代,公司因经营上的不善,出现了历史上最大的一次亏损。因为这次损失,公司的经营活动发生了重大变化,其业务重点也开始从硬件转向软件和服务。可是与此同时,公司的一些中层管理人员却因业务变更以及对公司前景不乐观而左右摇摆,有些人干脆在暗地里"自谋出路",再加上私下里传播的各种"小道消息",一时间,整个公司变得人心惶惶。

托马斯·沃森深知,人心的稳定才是企业发展的重要基础。为了改变员工摇摆不定的状态,他想了很多办法,比如增加薪酬、完善企业文化、规范化地管理等。不过,这些举措都没有起到大的作用。

这天,公司突然来了一名求职者,应聘高级管理工作。托马斯·沃森特意叫来所有中层管理人员共同面试这名应聘者。刚开始,公司管理人员自恃工作多年，在能力、人脉等各方面都很强大，自然对应聘者不屑一顾。但是，当他们听了应聘者对公司管理及发展等很多方面的见解时，不由得暗暗吃了一惊！这些见解新颖、独特，而且具有很强的可实施性。有些问题恰好是他们一直在研究思考，却迟迟未得到解决的问题！

托马斯·沃森当即拍板，要留下这名应聘者。"不过现在公司暂时没有空缺的职位，现有的职员都是我最舍不得的优秀人才。"托马斯·沃森随即又皱起眉头说，"要不，等我这里需要人才时，再联系你行吗？"得到应聘者的同意后，他们还就薪资待遇等方面进行了沟通。

应聘者走后，公司的氛围好像一下子变了。每个中层管理人员在感到危机感的同时，也对托马斯·沃森对自己的赏识而感动。此后，公司的人心变得稳定，凝聚力更加强大。不久后，公司便突破难关，成功转型，成为全球最大的信息技术和业务解决方案公司，也叫万国商业机器公司，简称IMB。

其实，他们不知道的是，那个应聘者是托马斯·沃森故意从别处请来的资深的业内人士。他的本意是想提醒员工，让员工们意识到：如果我不努力，随时会有更优秀的人来替代，而且公司并不是离了自己就不行。这恐怕是IMB公司最高明也最有效的"留人"法宝。

第一次求职失败的经历

几年前,斯蒂从加利福尼亚州的一所大学毕业,同时投出去了几份简历。幸运的是,他很快就得到了一次面试的机会。

斯蒂确定自己预留了足够多的在路上的时间,但是当他到达面试地点所在的大楼时,离面试官约定的时间只剩下10分钟了。迟到绝对是面试的大忌,所以斯蒂必须抓紧时间赶到约定的地点。

斯蒂的前面有一名男士,他走路的速度算是正常,但在斯蒂看来却慢极了!于是,在接近门口的时候,斯蒂加速从他前面插过去,先他一步推开门走了进去。按说斯蒂应该扶着门等他进来,但是他真的来不及了,还好弹回去的玻璃门没有碰到他的脸。斯蒂一路小跑赶到电梯处,按下了按钮。当然,进了电梯后斯蒂马上关了门,没有等他。

走进办公室后,斯蒂抬手看了一下时间,离约定的时间还有5分钟。斯蒂不由得笑了起来,平静了一下自己的情绪,对前台的接待员说:"我过来见史密斯先生,我们约了下午3点见面。"接待员礼貌地笑着说:"请这边坐下稍等一会儿。"

两分钟后,斯蒂在楼下碰到的那名男子竟也走了进来,难道他也是来面试的吗？想到此，斯蒂又得意地笑了起来，不管怎样，他已经领先了，早来了一步呢！但奇怪的是，那名男子没有询问接线员，而是径直走进了里面的一间办公室。

3点整，斯蒂在接线员的带领下来到了史密斯先生的办公室，而糟糕的是，坐在桌子后面的那个人正是之前的那名男子！

"抱歉，我之前是因为赶时间……"斯蒂想要努力地解释，声音却不由自主地越来越小。

史密斯先生摆了摆手，平静地说："不好意思，我觉得你不适合这份工作。不过，我想对你说一句话，这也许对你以后的求职会有用。你要记住，不管情况多么紧急，都不要丢掉一个人最基本的修养，因为也许在那一瞬间，就是别人看到的你的全部。"

斯蒂牢牢地记下了史密斯先生的忠告。这是他第一次求职失败的经历，却也指引了他此后人生中很多次的成功。

闪电解雇

那大约是二十多年前的事了,但艾米记得很清楚,就好像它昨天才发生一样。当时艾米为一家金融公司工作,职位是芝加哥分公司的区域营运经理的助理。

某个周五的下午,区域营运经理,也就是艾米的上司正式离职了。早在一个月之前,他就提交了辞职报告,今天正式得到了批准。出于礼节,艾米对上司的离职表示了惋惜,但心里却有隐隐地兴奋和期待。做助理两年来,艾米自认为自己勤奋、努力,而且工作很出色,从来没有出现过什么大的纰漏。所以,上司的离开可能是艾米提升的一次机会。身边很多同事也认为,艾米是接任上司职务的最佳人选。

然而,公司总部很快传来了任命消息:新的营运经理不是艾米,接任者另有其人。听到这个消息,艾米在意外的同时更多的是生气和失望,甚至感觉自己被多年效力的公司背叛了。于是,艾米决定给公司,也给新任的上司一点颜色看看。

周一一早,艾米给去堪萨斯城总公司接受任命的新上司打了电话,告诉他,自己和整个部门的同事都非常不高兴,如果下午上班前,他没有出现在办公室，我们所有人都会辞职。艾米并不是吹牛，他和部门里的员工一直相处得很愉快，他们也愿意为艾米讨个公道。

新任上司大概在挂断电话后，第一时间搭上了回芝加哥的航班，下午2点左右的时候就走进了办公室，同时赶来的还有总部的老板。当然，艾米的目的只是想要刁难一下新任上司，并提出一些自己的要求，艾米并没有打算真的辞职，更不想让同事为他承担责任。所以，在他们走进办公室之前，艾米已经让其他同事都回到了自己的位置上了。

总部老板示意新任上司出去，办公室只剩下了他们两个人。听完艾米的要求后，老板沉默了一会，反问道："如果我不同意呢？""那我就会辞职！"艾米毫不犹豫地说。艾米决定赌一把！他知道自己在公司的地位，也知道在这个关键时刻，他的离开会给部门新工作的开展带来多大的阻碍。

"好吧，如你所愿！"老板摊开双手，竟然没有任何犹豫地说，"我感到非常遗憾，但还是尊重你的选择。"艾米愣了一下，简直不敢相信自己的耳朵。这么说，他的辞职被批准了？或者说，他被公司……解雇了？艾米不知道自己当时如何从办公室出来，如何收拾了自己的物品离开了公司。

当然，后来艾米又找到了其他工作，并且发展得还不错。但艾米一直认为，他之所以有今天的成绩，与那次被公司"闪电解雇"的经历有很大的关系。它让艾米时刻提醒自己，不要觉得自己的位置有多么重要，更不要以此作为要挟，因为你随时可以被取代。

一个小玩笑

工作第一年,亨利得到了一次参加行业技术大会的机会。那时,亨利刚通过这家公司的实习期,成为一名正式员工。对于一个职场新人来说,这是一次很难得的学习机会。亨利不知道上司为什么会把这个机会给他,但他知道,这将会是一个全新的开端,它会有助于亨利今后职业的发展。

坐在容纳几百人的大会场上,亨利突然有一种回到学生时代的感觉。这种感觉让他很放松,还有一种莫名的兴奋。当亨利打开通信设备的热点时,突发奇想想要把热点名字改得有趣一点,就像在大学时,用一些奇奇怪怪的名字来搞怪,引来同学们的哈哈大笑。"炸弹引信""恐怖威胁""死神来了"……这些名字听起来确实很好玩,亨利的意思是,谁不知道这只是一个小玩笑呢?"FBI监视车"这个热点名字应该更酷一点吧!

然而,接下来的事情却出乎了亨利的意料。有人给警察打了电话。是的,确实有人不知道这只是一个小玩笑,并把它当作了一个威胁。于是,亨利不得不花上一个多小时和警察解释这件事。他们问了一大堆问题，以确保亨利没有任何威胁，亨利十分配合地接受他们的调查，不敢流露出一丝一毫的不耐烦，否则，接下来会有更多事无巨细的盘问。幸运的是，亨利没有被指控，只是被告知立刻离开现场，并且不能再回来。

这真是一件糟糕的事情，而更糟糕的事情还在后面。亨利无法再参加技术大会，但必须完成上司交给他的工作。亨利坐在会场外面，用手机登录他的工作邮箱，显示密码错误，又试了一次，结果还是一样。直到亨利打开笔记本远程进入工作电脑，才得知他的账户已经被禁用。十分钟后，亨利收到了上司发来的短信，他被暂停了工作，还会有部门专门调查他被技术大会逐出会场的事件。

当然，最后并没有调查出来什么，亨利却因此失去了上司的信任，最后不得不换了一份新工作。虽然现在这份工作做得还不错，但亨利还是会觉得遗憾和懊悔。很多时候，尤其是在正式的工作场合，尽量不要搞恶作剧，因为你的一个小玩笑，在别人眼里，可能不仅仅是一个玩笑，它会给自己，也给别人带来很多麻烦。

不属于你的山不要登

丹尼斯·蒂托是美国著名的商人、科学家，也是世界上第一位太空游客。早在少年时期，蒂托非常热衷于户外运动，既能放松身心，又能强身健体。有一次，一个大型的户外运动俱乐部举办了一次登山比赛，获胜者不仅能得到业界权威机构颁发的证书，还能得到一笔丰厚的奖金。蒂托自然也报了名。

比赛攀登的这座山海拔很高，而且非常陡峭，走到中途，蒂托就意识到，这已经超出了自己的能力范围。和这次登山相比，平日里那些登山运动只能算是小热身。可是，这非但没有让蒂托产生退缩的打算，反而更激发了他好胜的念头——如果能在这次比赛中取得名次，就等于得到了业界的认可，这绝对是一项殊荣。

刚好此时，一名男子走过来，神秘地问蒂托要不要走捷径？这名男子看起来像是当地的山民，他告诉蒂托自己知道一条隐秘的山道，能帮助他更快更轻松地攀登到顶峰。蒂托连连点头，毫不犹豫地支付给男子一笔费用，和获胜比起来，这些根本不算什么！然而让蒂托失望的是，男子带着他在一条岔路上走了不到十分钟，就消失不见了。原来，根本没有所谓的捷径，这一切不过是男子的一个骗局。蒂托不得不回到原地继续攀登，体力的消耗加上时间的限制，蒂托最终放弃了比赛。

得知蒂托被骗的事情后，朋友们都很生气。也有朋友表示不解，蒂托是一个很聪明的人，怎么这么轻易就被骗了？如果真的有捷径，骗子早就报名参加比赛了，何至于为别人引路呢？听了朋友们的话，蒂托只是叹了口气说："如果我意识到那座山不属于我，然后告诉自己不属于你的山就不要登，就不会被骗了。"

是的，一个人是否容易被骗，主要不是取决于他的智商，而是取决于他的判断力。当一个人贪心之时，欲念就会导致他的判断力失常。看起来他是受害者，其实是他自己先动了非分的念头。固守住自己的心，不属于你的山就不要登。这值得我们每个人引以为戒。

寻求帮助也是一种能力

美国著名的外交家基辛格早年在哈佛大学读书期间,成绩十分优秀,他信奉一条原则,那就是凡事靠自己。即使遇到困难,他也不愿去请求别人帮助,他觉得那是无能的表现,而且会给别人带来麻烦和打扰。

大三时,基辛格对德国古典哲学家康德产生了兴趣,开始在业余时间研究他的思想及各种著作。基辛格聪明而且勤奋,查阅了大量的资料后,写出了一篇论文。但让他不满意的是,因为对于康德的一部分著作不太理解,他的这篇文章中缺少了一些论述,使得文章的结构不太完整。"你可以去请教埃利奥特教授呀,他对哲学非常精通,尤其是古典哲学。"有同学建议道。基辛格毫不犹豫地摇头拒绝了,他一向不喜欢请别人帮忙,何况埃利奥特教授那么忙,怎么好意思再去麻烦人家呢?

之后,基辛格又埋头苦读康德的著作,但半个月过去,依然徒劳无功。这天傍晚,基辛格正坐在图书馆里苦苦思索时,恰好埃利奥特教授从他身边经过,看到他手上的书,埃利奥特教授饶有兴致地坐下和他探讨起来。基辛格独特的视角和观点赢得了埃利奥特教授的好感,当他看了基辛格的文章后，更是大加赞赏，称只要再稍作完善，就非常完美了。

埃利奥特教授很不解，为何基辛格不早点来找他，他一直在寻找像基辛格这样的学生呢！得知答案后，埃利奥特教授笑着说："自立自主是优点，但也是一种缺点，因为寻求帮助其实也是一种能力，它会让你走出原来的小圈子，得到更多的机会和可能。况且，有时候，帮助也是互相的，它能够成全彼此。"后来，埃利奥特教授教给了基辛格一套完整的保守主义政治哲学，并成为发现基辛格的第二个伯乐。

万事不求人是一种品质，但有时候并不值得赞扬，尤其在社会上的人际交往中，更是一个致命的缺陷。而适时、合理地寻求帮助，不仅能成就自己，对别人来说可能也是一种合作共赢的机会。

劫匪的大数据分析

"洛奇,我们……我们能成功吗?"克里斯跟在洛奇身后忐忑不安地问。

"当然。"洛奇拉了一下脸上的面罩,喘了口气,说,"这可是我通过秘密的大数据分析得出来的结论。在此前的30年里,这辆运送车天天从这条线路上经过,却从来没有被劫持过,这说明什么?"

"说明什么?"克里斯摊开双手,瞪着眼睛反问。

"笨蛋!"洛奇白了克里斯一眼,得意地说,"说明这条线路一直很安全,不会引起警方的注意,而这辆运送车的司机一定是个只知道抽烟打呵欠的家伙,他估计做梦都不会想到会被劫持。"

"放心吧!我们一定能成功。在30秒之内,我们就能完成整个过程,然后迅速驾车离开,回到我们原来的小镇。然后,这个突发的伟大的劫案就会如投入湖心的小石子一样,激起一阵涟漪,之后慢慢归于平静……"洛奇微微仰着头说完,克里斯连连点头,对他更多了一丝崇拜。

果然,一切都在洛奇的预料之内!这条线路上没有任何巡逻的警察，运送车的司机一边抽着烟一边无精打采地开着车，洛奇和克里斯没用30秒就结束抢劫迅速离开了。而且，在接受采访时，运送车司机耸着肩膀连连高呼："不可思议，简直太不可思议了！我做梦都没有想到自己会被人抢劫。"

不过，唯一出乎洛奇预料的是，他们没有抢到任何东西，因为这只是一辆运送垃圾的垃圾车。

巧用"弦外之音"的食品公司

20世纪70年代末,约翰·麦基在得克萨斯州奥斯汀大学城开了一家食品公司,专门销售天然食品和有机食品。很快,麦基销售的食品就以新鲜和健康打开了销路。但后来,一下子涌现出了很多效仿的食品公司,对麦基的公司造成了很大的影响,甚至导致销量一路下滑。

虽然增加了宣传的力度,但由于识别度不高,麦基的产品销量一直得不到提升。"有什么独到的销售策略能让公司脱颖而出呢?"麦基陷入了沉思。

一日,妻子在帮麦基打领带时,麦基称赞道:"这条领带太棒了,从来没有变皱过。"这是妻子送给他的一件礼物,所以他非常喜欢。原以为妻子会甜蜜地会心一笑,没想到妻子却认真地反问:"你的哪条领带变皱了?"麦基疑惑地回答:"没有呀,我只是在夸这条领带而已。"妻子耸了耸肩,笑着说:"你说这条领带没有变皱过,我理所当然地以为其他领带经常变皱呢!"麦基这才明白妻子的意思,跟着大笑起来。不过,他又兴奋地说:"我想到一个极妙的广告语了!"

随即,麦基在公司销售的一款金枪鱼罐头的广告中设计了一句广告语："我们的产品保证不会在罐头里变黑。"不过很多手下却对此表示不解，排除麦基公司可靠的产品质量，一般来说，金枪鱼也确实不会在罐头里变成黑色。虽然这句话很正确，但其实也是一句废话呀！

但令人意外的是，麦基公司的金枪鱼罐头很快在同类产品中脱颖而出，大家在挑选产品时都会说"这家的金枪鱼不会变黑"，那神情似乎在说其他品牌曾卖过变黑的金枪鱼似的。麦基公司的品牌知名度也越来越高，得到了很多消费者的关注和认可。后来，麦基的公司发展越来越大，如今已发展成为全美最大的天然食品和有机食品零售商，拥有265家分店。

"我只保证自家产品的质量，没有对其他品牌有过任何非议，至于消费者因此而产生的联想就不在我负责的范围内了。"面对人们的一些质疑，约翰·麦基笑着说。

100道面试考题

在20世纪80年代，李·艾柯卡绝对是美国商业偶像第一人。作为汽车企业的高管，艾柯卡曾经对众人讲过这样一个故事。

早在20世纪50年代，艾柯卡凭着出色的销售业绩，成为福特公司的华盛顿特区的经理。几个月后，公司有意把他调到福特公司总部任职，但需要通过一项面试，只有在众多优秀地区经理中脱颖而出的人才能够获得这个机会。之后，艾柯卡与其他地区经理一同接受了面试考核。主考官提问了几个简单的问题后，便给每人发了一份考卷，要他们全部作答。

拿到考卷后，大家都傻了眼。这张考卷上密密麻麻的足足有100道考题，而且大部分考题似乎都与汽车销售无关。虽然题目都不算太难，而且考试的时间也很充足，但是要答完这么多题，可不是一项小工程。果然，这次考核的结果很不理想，考卷上的答案乱七八糟，甚至很多人没有答完就交卷了。艾柯卡是唯一一个出色完成这次考核的人，尤其是最后一道关于汽车销售的专业问题，艾柯卡解答得简直堪称完美。

这让其他人很不服气，如果把这道题放在前面，他们也能很好地解答。听了众人的质疑，主考官笑着说："这样的设置其实也是考核的一部分。在一般情况下，我们都能做出正确的决定，但是当我们经历了不断的决策之后，往往会因意志力损耗而变得疲劳，理性程度和判断力都会下降，从而影响决策力。所以，对于一个人，尤其是决策者来说，保持清醒的头脑和强大的意志力是非常重要，也非常难得的事情。但艾柯卡做到了，而这也正是这次考核的关键。"

艾柯卡每次提及此事，总会感慨地说："那100道面试考题，其实正是我们生活和工作中可能遇到的无数个问题。很多人可能会因为太多次的选择而摧毁了坚持，最终功亏一篑。所以我想说，无论我们经历多少次挫折或者失败，都要保持清醒的头脑，说不定下一题就是成功的关键。"

仅仅耽误了5分钟

盖文教授走上讲台，播放了一则视频。视频中，同一路巴士集中在一个站台，而其他站台则一辆都没有，很多想要乘坐这路巴士的乘客只能无奈地翘首以盼。视频快进，一直持续到晚上最后一班车，几乎都是这种情况。

台下学生无奈地发出了阵阵轻笑——这种场景简直太熟悉了。有时候，你在巴士站点等了半个小时，可是你想要乘坐的112路巴士连影子都没见一个，又过去了20分钟，两辆甚至更多的112路巴士同时到站。大家忍不住提问：这到底是怎么回事？肯定是发生了什么重大的意外才会造成这种巴士系统紊乱的状况吧？

盖文教授没有说话，而是继续播放视频。看时间，这应该是早上的巴士刚发车不久。在一个站点，巴士司机准备按规定的时间发车，但在200米之外，有一名乘客连连对司机招手，表示想要乘车，司机决定停下来等待。但因为腿脚不便的缘故，乘客足足用了5分钟才走到巴士。因为耽误了5分钟，巴士到达下一站时就晚点了5分钟，在这里等待乘车的乘客比平时多了很多，这样就延长了排队上车的时间，等到再下一站时，仿佛恶性循环，巴士到站时间越来越晚，乘客越来越多。而后面跟着的巴士，它们从一个站点到另一个站点时，几乎没有上下的乘客，也就更早地到达下一个站点。如此循环下去，直到多辆巴士彼此相遇并成群结队同时达到巴士车站。

看完视频，台下的学生早已目瞪口呆：原来，只是仅仅耽误了5分钟，就造成了一整天如此糟糕的现象！盖文教授平静地说："当巴士按计划行驶时，一切都正常。然而，一旦出现一点点意外，使它落后于时刻表，它就几乎不可能重回正轨。这和我们的学习一样，有时候，也许你认为只是耽误了无足轻重的几分钟、几个小时、几天，却很可能再也追赶不上同学们的脚步。巴士聚集的现象通过新技术可以调整，然而，我们一旦落下，就会永远地错过了。"

这是英国桑赫斯特皇家军事学院里的一节课。盖文教授没有枯燥的说教，没有千篇一律地重复珍惜时间的道理，却让学生们深深铭记住了守时的重要性。

幼儿园小朋友打败CEO

美国哈佛商学院的一次毕业典礼结束后,彼得·斯基尔曼教授邀请这群工商毕业生参与做一个实验。为了这个实验,彼得·斯基尔曼教授还特意邀请了一组律师和一组经营着自己公司的CEO,以及一组幼儿园的小朋友。

实验很简单,彼得·斯基尔曼教授为每组团队准备了20根干意大利面条、1根胶带、1段绳子和1块棉花糖,然后他们要在20分钟的时间内,制作一个可将棉花糖置于顶部的最高建筑,而且这个建筑能够独立存在。

弄清楚实验规则后,参与实验的4组团队迅速忙碌起来。然而,实验结果却让人意想不到,表现最差的团队是刚毕业的商学院毕业生,排在第3位的是律师,位居第2的是首席执行官,而最终获胜的是那组幼儿园的小朋友。

等等,这怎么可能?看到这个实验结果,在场所有人都大吃一惊。毫无疑问,那组CEO都是经营数百万美元生意的人,如何无论也应该比幼儿园小朋友强呀!那些小孩还在学习简单的字母和数学,他们到底是怎么赢的呢？

彼得·斯基尔曼教授揭开了谜底。原来，实验开始后，其他3个小组用最初的几分钟来弄清楚谁是负责人、每个人该做什么，接着花相当长的时间来讨论各种可行的方法，然后进行投票，票选出最佳方案。最后在所有事情都计划好之后，开始合力制作原型，在只剩下几秒钟的时候准时完成。但最后，他们制作的模型不能竖立起来。可惜的是，已经没有时间来尝试下一个方案。

而唯一没有遵从这种协议流程的是那组幼儿园的小朋友。他们没有计划，也没有讨论负责人、票选方案，他们直接开始动手，制作了一个接一个的原型，不断地失败，但又不断地尝试，直至成功。到实验结束时，相比于其他组只制作了1个原型，他们则做了5个。

"幼儿园的小朋友之所以成功，是因为他们比任何团队都努力，经历了更多失败，尝试了更多可能。当然，我并不是说学习不重要，但有时候，我们更需要用行动来检验自己的所学。我想告诉大家的是，面对新的障碍和挑战时，不要只是沉迷于计划，以找出最好的解决办法。这样会让我们花了太多的时间去思考和计划，而没有足够的时间去做。否则，不管你是CEO，还是律师，或者有工商学位，你都可能会被幼儿园的小朋友打败。"彼得·斯基尔曼笑着对即将成为大企业或者政治家的毕业生们说道。

迪士尼乐园为什么没有蚊子

夏天来了,热情的蚊子总追着给人们发大大小小的"红包",睡觉时还不辞劳苦地为人们"唱歌",让人们感动地为其"拍手鼓掌"……你是不是也有同样的经历呢?在夏天,这几乎是人们逃脱不了的梦魇。可是,在迪士尼乐园里,却看不到蚊子,也几乎没有听到有人在乐园里被蚊子叮咬的事件。

一般来说,水泽密布、植被茂盛的地方,蚊虫出现得最频繁。而在迪士尼乐园里,有很多人造河流和原始密林之类的,为什么却没有蚊子呢?

对此,迪士尼乐园公关部的发言人笑着说:"这里是一个童话世界,童话世界是完美的,当然没有蚊子。"或者,他又皱起眉头,做出一副思考的样子反问,"也许,蚊子买不起门票?"

发言人的回答可谓诙谐幽默,博人们轻松一笑的同时,也维护了对于迪士尼乐园的美好想象。不过,真正的答案显然不是这样的。研究人员通过观察研究后发现,迪士尼乐园没有蚊子的秘密在水上。

众所周知,蚊子会在水中产卵,卵孵化成蜩,蜩羽化成蚊子。但蚊子产卵需要的水是"静止的水"。所以，迪士尼乐园就采用了"过滤循环"，保证所有水域的水都是流动的"活水"，这样一来，蚊子的卵和蛹都无法成活，便不会有蚊子出现。

当然，这些还远远不够。因为雨后地面等地方会有积水，而且园区内游客喝剩下的果汁、饮料等，都是可能产生蚊子的静止水。迪士尼乐园做到了随时的日常检查，确保可以及时消灭水汽残留。

可是，还有一些诸如消防用水和庭院池塘中的水是无法完全清除的。不用担心，这种情况同样有方法可以应对，那就是在水中饲养鲤鱼、鲫鱼和青鳉等吃蚊子产的卵和蛹的鱼类。

原来支撑梦幻童话的背后是如此细致入微、一丝不苟的行动！这不仅是迪士尼乐园没有蚊子的原因，大概也是它成为最受欢迎的主题公园的原因。

诺顿的求职理由

这原本是一场很普通的招聘面试。我在这家日用品公司工作了十几年，一直负责招聘面试工作。对我来说，它就像每天都要喝的咖啡一样，是必不可少的，但又很寻常的事情。

面试快要结束时，一个年轻的小伙子走了进来。从简历上看，这个叫诺顿的小伙子非常优秀，也许他就是我们要招聘的理想人选。

事实证明，诺顿的确很适合销售助理这个职位，他对这个职位的认知很准确，而且有独特的想法和观念。直到我问了他一个例行的问题："那么，你可以说说自己的求职理由吗？我是说，你为什么偏偏选择了我们？"

"因为我很喜欢你们的产品。"诺顿似乎一下子兴奋起来，他接着说，"我和我的家人用的都是贵公司的产品。"

虽然我知道这很失礼，可我还是忍不住笑了起来。不得不说，诺顿是一个聪明的小伙子，但是这个求职理由显然毫无新意，很多求职者都拿它来当作"敲门砖"，想要借此拉近与公司的距离。

我心里有些失望。当然，这并不影响我录用诺顿，只是我觉得有必要给他一些忠告。

于是，在诺顿离开时，我对他说："经常会有人像你这样，说是因为喜欢本公司的商品才来求职，这是一个讨巧的做法。但是，这样投机的行为并不可取，而且仅凭这些话也是过不了关的。"

诺顿的脸红了，他张开嘴巴，似乎想说什么，也许是谎言被戳穿觉得尴尬，也许是想替自己辩解吧，但最终，他什么都没有说就转身出去了。

我说过，这只是一件很平常的事情，我几乎快要忘记掉了。那天我顺路送诺顿回家，并接受了他的邀请，到他的家里参观。

走进诺顿的家时，我突然有一种震惊的感觉——这里到处都是我们公司的产品，电器、家具，甚至包括牙刷、杯子和毛巾。这些产品并不是新的，很明显已经用了很多年。原来，诺顿并没有说谎，而他的求职理由也不是在刻意讨好。他是真的喜欢我们公司的产品！

我感觉自己的脸红了，是的，我很羞愧。我竟然理所当然地否定了诺顿，用自己的武断和自大伤害了一颗真诚的心灵。值得庆幸的是，当初没有因为这份偏见而拒绝诺顿，否则，我永远都不会认识到这个错误。

我对诺顿道了歉。诺顿大度地原谅了我，他说："千篇一律的话确实容易令人怀疑，但不容分说的怀疑有时更值得商榷。"我记下了诺顿的话，并时刻提醒自己不要忘记。

错误并非一无是处

1951年,美国科普作家艾萨克·阿西莫夫晋升为波士顿大学医学院的生物化学助理教授,并出版了一些科普书籍。

一天,一个叫里昂的学生找到阿西莫夫,质疑他是"一个自以为是的傻瓜"。原来,阿西莫夫曾在上课时说:生在这个世纪很开心,因为很多宇宙理论终于在这段时间有了踏实的基础。而里昂认为,历史上每个时代的人对宇宙都有个"大致理论",但事实证明他们相信的东西不过是谬误。比如最早人们提出的地平说,虽然在当时人们深信不疑,但它早就被后世所摒弃了。

"当代的很多科学理论很可能是错误的,而你却为此沾沾自喜。你不觉得羞愧吗?毕竟那只是些一无是处的错误罢了。"里昂傲慢地说。

阿西莫夫并没有因为里昂的无理而生气,也没有不予理睬,他笑着说:"是的,你说得没错。地平说确实是错误的,但有些错误并非一无是处。"

"你知道地球的弧度每英里是多少吗?"阿西莫夫问。

里昂回答:"0.000126。"

"那么，按照地平说的理论，地球的弧度每英里是多少呢？"阿西莫夫接着问。

里昂回答："是0。"

阿西莫夫点点头说："是的，如你所见，这两个数字非常接近，至少在数学范畴内离真相没有多远，这也是以前人们深信地平说的原因。"

"可是，即使再接近，它也是错误的呀！"里昂辩驳道。

阿西莫夫笑了笑说："古代技术很难抵达到小数点后这么深，但不可否认的是，后人所做的很多研究都是在前人的研究成果上继续努力的。我们从0到0.000126，是人类花费千百年岁月走过的距离。就像雕塑师傅一样，把努力累积起来，一点一点地还原本来的样子。这就是错误给予我们的意义。"

是的，其实科学上不存在绝对正确或错误的理论，就算是地平说也有它的道理，人们正是汲取了错误中的教训，接受值得学习的部分，在此基础上继续努力，才有了后来无数的研究成果。其实，万事万物，都是如此呀！

你永远不知道别人有多拼命

鲁伯特在牛津大学读书的时候，每逢假期，都会回到家乡澳大利亚，去父亲的公司里实习。在鲁伯特眼里，父亲是一个极其严厉的人，不仅对员工们要求严格，对他也是一样，甚至要求更多。每次在父亲的公司里实习，父亲从来没有给过他"特殊待遇"，都是要求他从最底层的工作做起。

大三的那年暑假，鲁伯特刚刚在父亲公司里工作了一周，就感觉苦不堪言。"分配给我的工作量太大了，还有那么多需要注意的事项。我又没有三头六臂，哪能顾得过来？况且，除了午休的两个小时，整整一天我几乎都没有空闲的时间。我简直怀疑他们把我当成了机器人。"鲁伯特忍不住向父亲的助理抱怨，"我想，没有任何人会比我工作的时间更长了。"

也许是助理转告了鲁伯特的话，这天中午，父亲出去办事时，特意让鲁伯特去办公室拿一份重新安排的时间表。但是，从助手中拿来时间表后，鲁伯特还没来得及高兴，却一下子呆住了！按照这张时间表的安排，每天早上要4点起床，简单的运动和早餐过后，就开始工作，然后一直到晚上9点才结束，有时甚至还要加班到晚上12点，中间还要奔波数地，吃饭时间都在赶飞机。而整整一天，除了午饭后可以休息30分钟，其余的时间几乎都有工作。

"这一定是搞错了！"鲁伯特大叫，"这可能是清洁工的工作时间表，只有他们才会这么辛劳。不，即使是清洁工也不会如此忙碌的。这比我之前的工作时间多出了将近2倍，我简直不敢相信能有人承受得住如此密集的工作安排。"

"是的，确实弄错了，这不是给你的那一份时间表。"这时，助理匆忙从外面走进来，拿起鲁伯特面前的时间表说，"这是你父亲的工作时间表。""什么？我父亲的工作时间表？"鲁伯特不可置信地反问。助理耸着肩膀回答："对呀！他一直以来都是按照这张时间表来工作的。"

就是这一份拿错的时间表让鲁伯特彻底改变了自己！作为一家公司的董事长，而且已经年过半百，父亲的工作量竟然还如此之大，对自己竟然还如此严格！而自己作为一个刚接触工作，对一切都还不太熟悉的新员工，竟然就开始抱怨，这中间的差距简直太大了！此后，鲁伯特彻底转变了观念，不仅不再抱怨，反而主动约束自己，提醒自己要更努力工作。而最后，鲁伯特终于成就了一番事业，成为著名的世界报业大亨，是的，他就是美国新闻集团的总裁鲁伯特·默多克。

"永远不要觉得自己多努力、多勤奋，因为你永远不知道，在你没看见的时间表上，别人会有多拼命。"鲁伯特·默多克不止一次这样告诉众人。是的，不是有句话这样说吗："你只有非常努力，才会看起来毫不费力。"很多在我们眼里光鲜亮丽的人，并不如我们想象的那样轻松、潇洒，而他们之所以在众人面前能展示出优雅和从容，并不是因为他们是天才，而是因为在大家都看不见的地方，他们付出了加倍的努力。舞台上演员们完美的演出背后是台下几十年如一日的练习；竞技场上运动员们奖牌的背后是无数次的伤痛和汗水；成功的企业家背后是数不清的奔波和勤奋……其实，所有成绩的背后都有着他人难以想象的努力和坚持。

所以，当我们在生活中感觉累，感觉委屈，甚至感觉撑不下去时，不妨问自己一句："你知道别人有多拼命吗？你是否也做到了这样？"也许，这个答案会让我们重新振作起来，带着满满的动力和信念走下去。

不确定的承诺

上个月,我刚刚找到了一份工作,在一家日用品工厂做仓库管理员。我很喜欢这份工作,它几乎是我小时候的梦想,我是说,守着一间大大的仓库,会有一种特别的满足感。不过,我不知道自己是否能够留在那里,因为主管告诉我,试用期结束后,他才能够决定谁会获得这份工作。

试用期结束的最后一天中午,主管分配给我们一个任务:盘点清楚仓库里的一批货物。那批货物已经堆在仓库里很多年,上面布满了灰尘,杂乱而且没有秩序。看样子,这项工作的难度似乎不小……

"你什么时候能完成呢?"主管问我。

"呃……这个……"我突然不知道该怎么回答,这个任务确实有一些难度,但是我又不想让主管失望,于是脱口而出说,"尽快,我会尽快完成的。"

我觉得这个回答很棒,它能表达出我积极工作的决心。我知道,这是一个展现能力的大好的机会,我可不想与它失之交臂。

快要下班时,另一位仓库管理员珍妮完成了任务,几乎是同时,我也顺利地盘点完所有的货物。

看得出来，主管对我们的工作很满意。但是，在宣布最终的录用结果时，主管却说出了珍妮的名字。这意味着，我失去了这份仓库管理员的工作。

"为什么？因为珍妮比我早1分钟完成工作吗？哦，不，也许只早了30秒。"我追上主管问。是的，我很不甘心。

"当然不是。"主管耸了耸肩膀，说，"你知道中午珍妮是怎么回答我的问题的吗？"

我摇了摇头，等着他继续说。

主管接着说："我问珍妮，你什么时候能完成任务，珍妮回答说，下午4点。你还记得你的回答吗？"

"当然，我的回答是'尽快'。我确实想尽量用最短的时间完成工作呀！难道这样有什么不对吗？"我反问道。

主管笑了笑，说："噢，伙计，那些做事情很认真的人才不会说'尽快'。他们对自己的能力有清楚的认识，而且能够担负起责任，所以他们会给出具体的时间，而不是一个不确定的承诺。其实很多时候，工作的效率很大程度上依赖于我们预计的准确期限，仅仅指望尽快是远远不够的。"

我突然觉得无言以对。事实上，在我给出"尽快"的承诺时，除了表现自己积极的态度外，还因为潜意识里觉得这种模糊的回答可以让我避免责任。我是说，即使最终我没有完成任务，也不必为此而负责。

但是我没有想到，我却因这种侥幸的小聪明而付出了代价。我想，这次经历将成为我人生中宝贵的经验。

歇业餐厅里的食物

罗卡三兄弟在西班牙赫罗纳开了一家名叫埃尔·采来尔的餐厅。大哥霍安主管厨房,老二荷塞普是侍酒师,弟弟若尔迪是餐厅的糕点主厨。因为环境优雅,菜品的味道也不错,餐厅的生意还算不错。为了更好地满足顾客需求,罗卡三兄弟决定24小时营业。

一天傍晚,霍安发现厨房里的搅拌机坏掉了,不巧的是,因为下雨延误了进货,何塞普手里的存酒也不够了。作为糕点主厨,若尔迪倒是可以正常开工,但是客人来了不能只吃糕点吧!罗卡三兄弟商量之后,决定暂时关门歇业。

"可是顾客不知道我们今天歇业呀!"若尔迪说。

"这个简单呀!"霍安笑着回答,"我们在门上贴个歇业的告示,这样顾客就知道我们关门的原因了。"

何塞普跟着点了点头,若尔迪却接着问:"但是,客人只有来了才能看到,岂不是白跑一趟?"

"那我们就没有办法了。总不能留在这里一个个和顾客道歉解释吧!"霍安无奈地说。

为什么不呢？是我们的原因给顾客带来了不便，让他们满怀希望而来，却只能带着失望离开。只用一张告示恐怕不能弥补顾客心里的失落吧？若尔迪心里暗想。

所以，在霍安和何塞普走后，若尔迪留了下来。他钻进厨房，做了很多精美、可口的糕点。然后守在餐厅门口，向前来的顾客道歉，并解释原因。当然，最后还送上了精心制作的糕点和一把雨伞。虽然一整晚，只来了不到10位顾客，但若尔迪觉得这一夜的守候很值得。

后来，罗卡三兄弟的餐厅越做越大，也受到了越来越多的顾客的喜欢。在英国《餐厅》杂志评选出的全球50佳餐厅中，埃尔·采来尔餐厅高居榜首。

"埃尔·采莱尔餐厅之所以能博得众多评委的青睐，主要是它的特色菜肴加泰罗尼亚菜系很棒，主厨手艺精湛。当然，更重要的是，他们真正站在顾客立场上考虑的一流的服务理念。"此次评选的主办方在颁奖时这样说道。

第 3 辑

"我只是一个
有缺点的普通人"

承认自己只是一个有缺点的普通人很难,
但只有这样,
才会有改变的机会和可能吧!
我希望这一切还不算晚。

送你一个分号

  2015年7月，在英国的大型社交网络上，突然有很多人在秀文身。但奇怪的是，大家竟然不约而同地选择了同样的图案——分号，他们在自己的手腕、颈后、胸前或者身体其他部位画下一个个分号。大家为什么要把这样一个符号文在自己身上呢？原来，这是英国一家关爱心理健康的非营利组织想出来的一个项目，名叫"分号项目"。而在这个项目背后，还有一个感人的故事……

  安娜是英国伦敦温布尔登小镇上的一个女孩，她美丽可爱，从小就能歌善舞，虽然她的家庭不太富裕，但她的父母还是尽最大的努力送她上了舞蹈学院。本来就有舞蹈天赋的她再加上刻苦的训练，在各种比赛和表演中获得了很多奖项和成绩。

  本以为她的人生会按照既定的轨道发展下去，赢得更多的掌声和鲜花，开启更精彩的生活。可是意外却无情地发生了。那是15岁的时候，安娜去伦敦大剧院参加一场演出，在赶往剧场的途中，她遭遇了一场车祸。等安娜从病床上醒来时，发现自己的双腿不见了！那一刻，安娜被巨大的打击击垮了，她没哭也没闹，整个人却像失去了思想和知觉，除了麻木的吃饭和睡觉外，就只是一动不动地坐着发呆。直到有一天晚上，趁着医生和护士不在，安娜拿起一把水果刀，狠狠地向自己的手腕划去。幸好家人及时赶来，安娜才捡回来一条命。

此后，每每看到手腕上的那道伤痕，安娜就会忍不住失神落魄，甚至无法继续正常地生活。那天，一个叫琼森的男孩走进了安娜的房间，他轻声地和安娜聊天。在安娜取消对他的敌意之后，他握着安娜的手，拿起画笔沿着安娜手腕上的伤痕画了起来。不大一会儿，那道伤痕就变成了一个分号，不仅没有了之前的狰狞，而且还变得小巧可爱。琼森微笑着说："如果你的生命是一个句子的话，你在犹豫想要画上句号的时候要勇敢地用一个代表着放下过去的分号来代替，进而鼓起勇气，开启一段崭新的人生……"

看着手腕上的分号，听着琼森鼓励的话语，安娜忍不住痛哭起来。是的，前面糟糕的日子也许很难用一个逗号隔开，那不如就用一个分号吧，既是对过去的告别，更是为了新的开启。这是安娜失去双腿后第一次放声大哭。后来，靠着手腕上那个分号的鼓励，安娜一天天地走出抑郁，走出阴影，终于重新恢复了自信和生活的勇气。如今，安娜已是残疾人艺术团里最出色的一名舞蹈演员了。

看到安娜的改变，那个叫琼森的男孩也深受鼓舞，他和更多的爱心人士一起组建了关爱心理健康的非营利组织，并发起了一个"送你一个分号"的活动。他们去探访那些曾经遭受抑郁症、焦虑症，以及遭受过某些重大变故并且曾经想要自杀，后来又活下来的人们，并在他们身上画下一个个分号。这个分号可以时时提醒那些罹患心理和精神疾病的人们，珍爱生命，自己曾经战胜过轻生的想法，所以要继续带着胜利者的姿态生活下去……

很快，这个温暖又励志的活动便在英国流行开来。更多的人开始主动在自己的身上文下象征告别过去、重新开始的分号。据相关资料显示，这个活动已经成功帮助超过8.5万人摆脱抑郁的困扰，信心满满地走向人生的下一个旅程。送你一个分号，就是送你一段更加精彩灿烂的人生！

我希望她是个女孩

2016年,巴基斯坦的一名女导演拍摄了一部名叫《河中女孩:宽恕的代价》的纪录片。纪录片讲述了一个19岁的巴基斯坦女孩萨巴的故事。萨巴因为没有听从家里的婚姻安排,选择了和自己心爱的男孩私自结婚,被她的家人"荣誉谋杀",因为她败坏了父亲和叔叔的"荣誉"。她的父亲和叔叔狠狠地毒打她,然后把她装到袋子里扔进河中,想要置她于死地。但后来萨巴奇迹般地挣脱出来,最终获救。在医院里,萨巴的左脸已经彻底毁容,伤口从眼睛一直蔓延到嘴巴,就连医生也觉得触目惊心。

出院后的萨巴勇敢地向法院提起了诉讼,请了律师,要告自己的父亲和叔叔。但是,巴基斯坦的法律规定,对于荣誉谋杀的施暴者,如果幸存的受害者最后选择原谅家人,那么施虐者就会免于受罚,不会受到法律制裁。于是,为了免受制裁,她的父亲和叔叔说自己后悔了,希望得到萨巴的原谅。不仅如此,萨巴生活的社区里各种人都在向她施加压力,劝她放过自己的叔叔和父亲。在这些人看来,是萨巴有错在先。他们还威胁萨巴丈夫的家人,说要让一家人没有立足之地。

原本下定决心不动摇的萨巴，为了保全丈夫家人，最后还是屈服了。她到法院说自己原谅父亲和叔叔，法官最后将那两人无罪释放。这样的结果让萨巴无奈又心痛，犯下了如此残忍的罪行，最后却依然逍遥法外。

在纪录片的最后，萨巴说自己很快就要有孩子了。这时，身边的人纷纷笑着表示祝贺，并祝福萨巴"拥有一个健康强壮的男孩子"，因为在巴基斯坦，女性太弱了，男性才有地位。而且他长大后可以为母亲遮风挡雨，弥补母亲遭受过的所有的伤痛。而这，也是巴基斯坦绝大多数母亲的所愿。

萨巴却摇摇头说："不，我希望她是个女孩。"众人流露出了惊讶的神色，难道萨巴遭受的苦难还不够多吗？难道她不想让下一代逃避这种苦痛吗？萨巴笑了笑，坚定地说："是的，我遭受了太多的痛苦，我比谁都更想让下一代避免这种痛苦。正因为此，我才希望她是个女孩，身为女孩，才更有立场为自己以及同胞争取应得的权利，才能让更多的下一代免受痛苦。我希望她很勇敢，希望她可以站出来为自己说话，希望她能多做好事，好好受教育。我希望她以及她们都能凭自己的意愿去做任何事，不再受男权绑架。"

萨巴说得斩钉截铁，观众们听得感慨万千。这是一个多么博爱、勇敢又坚强的母亲呀！也许是被萨巴的精神所打动，这部纪录片最后获得了2016年的奥斯卡最佳短纪录片奖，也引起了各界人士更广泛的关注，进一步引发了各方对抵制巴基斯坦"荣誉谋杀"的呼吁。

在各方的施压下，巴基斯坦总理亲自推动了法律漏洞的修补进程，巴基斯坦议会终于通过了法案：以后所有"荣誉谋杀"的施虐者，都必将面临至少25年的监禁处罚，哪怕得到受害者及受害者家属的原谅。而巴基斯坦在法律上迈出的这一步，对于保障女性安全和权益有着重大意义。

虽然，"荣誉谋杀"这颗毒瘤不可能立马就被彻底拔除，但随着法律一点点的完善，人们看到了无限的希望。萨巴是一个斗士，她以及整个纪录片团队的努力和争取，真的改变了未来无数巴基斯坦少女的命运！

克里斯蒂的心愿

"你快走开,我们才不要和小女孩玩呢!"罗伊斯大声笑着,故意皱起眉头,做出一副厌恶的表情说。围观的小伙伴们顿时哄笑起来,克里斯蒂摸了摸一头金色的长发,又一次无奈地辩解:"我不是小女孩。"可在小伙伴们的尖叫和拍手声中,他的声音却是那么无力,最后克里斯蒂只好像以前那样低下头,默默地走出人群。

两年半前,克里斯蒂只有6岁,一直很喜欢剪头发的他突然开始抗拒剪头发,有好几次,在妈妈的强制下,理发师的剪刀都落到了克里斯蒂的头上,他却双手紧紧地抱着头跑开了。"克里斯蒂,难道你要留长发吗?"妈妈的声音因激动而变得尖细。"是的,妈妈,我想要留长头发。"克里斯蒂点点头,一双蓝色的大眼睛里闪出明亮的光彩,"我有一个心愿……""够了!"妈妈双手叉腰,不可置信地指着克里斯蒂说,"你是男孩子呀。"可是无论怎么说,克里斯蒂就是不肯剪头发,最后妈妈也只好放弃了。

每天早上醒来,克里斯蒂都会站在镜子前,拿一把尺子小心翼翼地测量头发长长了多少,然后对着镜子开心地笑起来。妈妈对此早已习以为常,她不知道儿子到底想要干什么,也不打算知道。"等他玩够了,自然就会主动要求剪头发的。"克里斯蒂的妈妈摇摇头,无可奈何地摊开了双手。

克里斯蒂的头发越来越长,从背后看去,越来越像一个小女孩了,学校里的小伙伴们都把他当成了怪物。不仅会时不时地指着他的长发嘲笑,还会想方设法地捉弄他,趁他不注意往他的长发上洒各种乱七八糟的东西,在他上厕所的时候,故意挡着他,大笑着让他去女厕所……时间久了,克里斯蒂渐渐被孤立起来,就连以前最爱和他玩耍的同桌朱莉也开始躲着他了。那一天,当朱莉也用厌恶的眼神拒绝克里斯蒂一起玩耍的邀请时,克里斯蒂沮丧极了,他几乎是哭泣着跑回了家。

"克里斯蒂,把头发剪掉吧。"妈妈耐心地说,"这样小伙伴们就不会欺负你了,你又可以和他们一起开心地玩耍了。"正在抽泣的克里斯蒂猛地抬起头,抹了抹脸上的眼泪,大声说:"不,我不会剪掉的。"但是,克里斯蒂的坚持除了换来小伙伴们的嘲笑、排斥以及其他人的不解外,其余什么都没有了。

这天,8岁的克里斯蒂用尺子测量完头发的长度后,突然兴奋地大叫起来:"妈妈,我可以剪头发了,快带我去剪头发。"妈妈吃惊地望着克里斯蒂,不知道坚持两年多的克里斯蒂为什么会突然改变主意。"我一开始就没打算一直留下去呀。"克里斯蒂眨着眼睛,笑了笑说,"现在头发已经足够长了,我想我应该把它剪掉。"

克里斯蒂把金色的长发扎起来,要求理发师帮他成扎地剪下。然后,他在妈妈惊疑的目光中,把剪下来的长发一扎一扎地装进袋子里封好,脸上的笑容更加灿烂了。"自从在电视上看到因为患癌化疗而失去头发的小朋友后,我就一直想帮助他们拥有头发。后来,我发现一个专门帮那些小朋友捐助假发的慈善机构,就想自己留起长发,帮助他们实现心愿。"克里斯蒂脸上露出幸福的笑容,"当然,这也是埋藏在我心底两年半的心愿。"

这个名叫克里斯蒂的小男孩来自美国佛罗里达州，他的妈妈把他剪掉长发前后的照片发到了Facebook网站，他的这种超越年龄的善举立刻感动了无数网友，获得了网友们的一片点赞。更引起了人们对于那些患了癌症的孩子们的关注，很多网友纷纷表示要效仿克里斯蒂留起长发，然后剪下捐赠给非营利机构——"脱发的孩子（Children With Hair Loss）"，来帮助更多的患有癌症的孩子制造假发。克里斯蒂的心愿如一根小火柴，终于点燃了人们心中的善良，变成了所有善良的人们的心愿！

为爱在一起

那时瓦尔特刚刚步入社会,在田纳西州一家潘多拉饰品店找了一份店员的工作。饰品店的工作比较清闲,除了早晚清扫一下地面、擦拭干净柜台之外,其余的时间都坐在柜台里的凳子上,等待客人的光顾。

来饰品店的大部分都是十几岁的中学生,店里的商品丰富多样、色彩斑斓,都是学生们喜欢的发卡、耳环、项链、小挂件等,最重要的是价格不贵,一般都在几美元到几十美元之间,最贵的也超不过100美元。

这天,瓦尔特正百无聊赖地盯着窗外发呆,突然看到一对情侣推开了饰品店的玻璃门。瓦尔特之所以注意到他们,是因为他们和店里其他年轻的顾客很不一样——是的,从那名男士后退的发际线上可以看出,他至少有30岁了,而与他一起的女士也有二十七八岁的样子。不过,他们与其他来店里挑选饰品的中学生情侣一样,十指相扣,甜蜜地依偎在一起。

"太漂亮了,我们就选这一对吧!"在店里看了一圈之后,那名女士指着一对银戒指惊喜地说。男士笑着回应:"听你的,亲爱的,只要你喜欢。"接着,瓦尔特按照他们的要求把戒指拿出来给他们试戴。当那名男士温柔地帮女士戴上戒指后，女士开心地笑着说："简直太完美了，它们一定能在我们的婚礼上大放光彩的。"

什么？这竟然是他们的婚戒？瓦尔特想，这大概是自己听过的最大的笑话了！竟然还有如此可怜的人，把一对价值130美元的银戒指当作婚戒！那一刻，瓦尔特在吃惊的同时，心里也充满了不屑，忍不住嘟囔了一句："这也太可悲了吧，如此穷酸还结什么婚。"尽管他的声音很低，还是被他们听到了，那名男士立刻涨红了脸，流露出了羞愧不安的神色。

恰好此时，店长从他们身边经过，也听到了瓦尔特说的话。"对不起，我为我们员工的无礼和对你们的冒犯而致歉。"店长立刻对他们说，"请你们不要生气，我会处理好这件事的。另外，如果你们不介意的话，这一对戒指将免费送给你们。"这时，瓦尔特也感觉自己刻薄的言语有些过分了，而且，她很害怕因此而被炒鱿鱼，这是她好不容易才得到的一份工作。

"没关系，真的没关系。其实她说得也没错，我可不想因此而看到她被解雇。不过，每个人的想法也许会不一样。我们不是因为戒指大不大、贵不贵而结婚的，我们是因为爱而结婚的。就算这个男人给我的是25美分的玩具戒指，我还是会嫁给他。至于免单就不必了，我们有能力为自己挑选的东西买单。"说完，那名女士紧紧地握住了男士的手，语气里充满了坚定和自豪。

最后，那名女士再三替瓦尔特向店长解释，直到店长答应不会处罚瓦尔特，才和未婚夫放心地离开。虽然瓦尔特没有因此而受到处罚，但她却越发觉得羞愧，同时对那名女士产生了由衷的敬佩之情。她对爱、对善良、对责任的那种理解和诠释，深深地打动并感染了瓦尔特，而瓦尔特也因此在几年后找到了能真正带给她幸福的丈夫。

一杯双糖咖啡

几年前的一天,我比往常提早半个小时去上班。那是新工作的第一天,而这份工作跟我之前的领域完全不一样,我有点紧张。走到公车站的时候,我突然想起还没有吃早餐,就决定去旁边的一家咖啡店买杯咖啡喝。

我排在队尾,前面大约有七八个人,如果每人需要一分钟,我只需要等七八分钟。但实际上,大家都是只买一杯咖啡,根本用不了一分钟。可是,我在队尾站了十几分钟,却只向前移动了两三步的距离。一切原因都出在柜台后面的年轻小伙子身上。很显然,他可能刚开始做这份工作,至少还在实习期。接咖啡的时候,他的手都在颤抖,一不小心又洒了一些出来,接着,盖子盖了四五次还没弄好,顾客似乎等得不耐烦了,拿过咖啡杯自己盖了上去。他红着脸,低下头对那名顾客道歉,却只看到了顾客的背影。

我看了下时间,又向前看了看队伍,不由得暗骂一声,热咖啡肯定喝不上了,如果再等下去,一定会迟到的。犹豫片刻,我决定离开。走到店门口时,刚好碰见咖啡店的老板。原本紧张焦虑的心情此刻突然因没买到咖啡的失落而变成了愤怒，于是，我向老板投诉了那个新来的服务员，一口气说了他很多坏话。我不知道老板会怎样对他，但走出咖啡店的时候，我的紧张倒是减轻了不少。

我准时到达公车站，并上了车。半个小时后，公车开进一处停车场，去载另一些乘客，这是这趟公车每天必行的路线。在乘客上下车的时候，突然听到有人在敲我身旁的车窗玻璃，我转过头，看见了咖啡店里的那个年轻小伙子，他手里举着一杯咖啡，示意我打开窗。"我被解雇了……不过不重要，其实我并不喜欢那份工作……我看你等了很久走了，应该是急着上班，实在抱歉。希望你喜欢这杯加了双奶双糖的咖啡。"他把咖啡递给我，开心而羞涩地笑了。"谢谢你，我……"我有点难为情地开口，此时公车却启动了，他对我挥挥手，大声说："祝你工作顺利！"

他因我的投诉而被老板解雇，然而在看到我上了公车后，却赶到这个停车场，在公车再次开走之前，把一杯热腾腾的、香甜的咖啡送到我手上。这简直太不可思议了！

如今，几年过去了，我再也没有见过那个小伙子，不知道他现在在哪里，有没有找到喜欢的工作。每次想起他，我总会感觉愧疚，还有一丝感动。当初那份令我紧张不安的新工作，现在已经变成了最适合我的工作。但我一直觉得，这一切都源于那个年轻小伙子，是他送我的那杯双糖咖啡带给了我温暖和好运。

两份协议书

"你们拖欠的医药费必须在月底之前补上。"在病房外,艾肯医生面无表情地对雷恩夫人下了最后通牒,语气里透出了无限的烦躁。

躺在病房里的雷恩无声地流下了眼泪,这已经是他第3次听到艾肯医生催款了。"可恶,毫无同情心!"雷恩狠狠地骂着,却又忍不住叹了口气,想起了3个月前的那场意外。

雷恩一家人生活在贫民区,日子过得非常拮据,有时连一块黑面包都吃不上。看着孩子们每天衣不蔽体地在垃圾堆上捡东西吃,雷恩心里很难受。可是,他既没文化,又没有一技之长,别说找一份安稳的工作了,就是打零工都常常遭人嫌弃。

此时,刚好有一家化工厂的老板要招几名工人,要求很低,薪水却不少。雷恩兴冲冲地跑去应聘,成了化工厂的一名工人。雷恩的主要工作是混合各种化工原料,但因为工厂的设备和条件有限,很容易发生爆炸事故——这大概就是老板会雇用他的原因。不过雷恩顾不得那么多了,他急切需要赚钱来养活家人。

但是没想到仅仅干了一个多月,意外就发生了。因为一种特殊的原料超标,厂房里突然发生了爆炸,雷恩当时只觉得眼前一黑,失去了知觉，而当他醒来时，已经是三个月之后了。

妻子告诉雷恩，他被送进医院时，全身大面积烧伤，病情非常危急。经过医生紧张地抢救，才保住了性命，但医生并没有把握他最后能顺利康复，甚至都不确定他能不能醒来。老板预付了一大笔医药费，雷恩才得以在医院里继续治疗。只是，这个治疗的过程太过漫长，老板后来不肯再支付药费，幸好雷恩醒了，并一天天地好转起来。

"好心的老板，这么一大笔费用都够我给他干一辈子了。"雷恩感慨地说，看到妻子消瘦枯黄的脸庞，雷恩又心疼地说，"这段时间让你受累了，没日没夜地照顾我。"妻子握住雷恩的手，轻轻在他脸上吻了一下，没有再说话。

过了几天，艾肯医生又来催交医药费，如果再交不上，就只能赶他出院了。那么大一笔钱，雷恩一家当然交不上，好在他的病情已经稳定，回家后也可以慢慢休养。离开医院时，雷恩积蓄了多日的怒火终于爆发了，他对着艾肯医生大声叫骂："你简直就是个唯利是图、见钱眼开的混蛋！你根本不配做医生！"如果不是行动不便，他一定还会冲上去狠狠给艾肯医生两拳。

雷恩一家人离去后，艾肯医生回到办公室，疲惫地瘫坐在椅子上。这三个月来，为了雷恩的病，艾肯医生几乎住在了医院，以便时刻观察雷恩的状况，及时做出应对的治疗。好在自己的付出并没有白费，现在雷恩的康复只是时间问题。

艾肯医生打开抽屉，里面静静地躺着两份协议书。一份是他找雷恩的老板讨要医药费被拒时，请律师起草的起诉书；另一份是雷恩夫人请人帮忙写的放弃抢救雷恩的请愿，因为这样她就能得到老板的一笔赔偿。不过最终，艾肯医生说服了他们，这两份协议就留了下来。

艾肯医生起身，把这两份协议书放进了碎纸机里，他想，一些不该说的秘密就让它彻底成为过去吧！他希望雷恩日后仍然能继续充满希望地生活在温暖、有爱的家庭里。

最受孩子欢迎的老师

"琼斯老师是最受孩子们欢迎的老师!"来到蒂纳小学,我听到所有人都这样说。我却不以为然,我见过琼斯老师,她的样貌普普通通,并不如我想象中那样和蔼可亲,甚至还有一点……漠然?

是的,就是漠然。我知道这个词与"好老师"完全不搭调,但琼斯老师似乎就是那样。很多时候,她对孩子们的举动并不十分关切,总是一副淡然自若的样子,有时甚至还带着一丝敷衍。我不知道这是不是我的错觉,但我觉得我一定能比琼斯老师做得更好。

"拉曼老师,有人偷了我的新铅笔。"下课时,艾尔走到我面前说。

"是吗?"我蹲下身子,关切地询问,"你确认不是自己弄丢的?"

艾尔肯定地回答:"没有。我去洗手间的时候,它还在课桌上呢!"

"孩子,你不该乱丢东西的呀!"我摇摇头,听起来像是指责,其实我是想告诉艾尔正确的做法,好让他避免以后再遇到这样的事情。

"你已经不是第一次丢铅笔了。我不是提醒过很多次吗？东西放在课桌里面，你怎么记不住呢？"

"哦。"听了我的话，艾尔只是轻轻应了一声，便转身回到座位上。我只好无奈地摊开双手苦笑起来。

接下来是琼斯老师的课，我收拾了教具离开。走出教室时，我突然听到艾尔的话："琼斯老师，有人偷了我的新铅笔。"

"哦？"很显然，这是琼斯老师的声音。

艾尔接着说："我去洗手间的时候，它还在课桌上呢！"

"嗯。"琼斯老师简短地回应道。

"我已经是第三次丢铅笔了。"艾尔的声音似乎有些懊恼。

接下来是琼斯老师的声音："噢。"

天哪！我简直要叫起来了。这就是人人喜爱的琼斯老师？连一句话都不肯多说，就用几个字来敷衍孩子？

就在我准备转身回去，告诉琼斯老师对孩子要多一些关心的时候。却听到艾尔继续说："从现在起，我离开座位的时候，把笔放到课桌里面就不会丢了。"让人意外的是，他的声音没有了之前的沮丧，反而充满了开心和满足。

琼斯老师笑着说："嗯，我相信你一定可以做好的！"

回办公室的路上，我突然想，其实，琼斯老师并不是漠然，不是不关心孩子，而是她更懂得如何尊重孩子的感受和想法。也许，这才是真正的关心呢！

"琼斯老师是最受孩子们欢迎的老师。"第二天，我也忍不住对大家这样说。

温暖的玻璃玫瑰

那算是一次意外的探访。那天，忙完手上的工作后，艾米买了一些礼物回去看望父母。他们在郊外度过了开心的一天，并且在一家常去的餐厅里享用了美妙的晚餐。回家的路上，母亲突然指着车窗外一栋白色的房子对艾米说："还记得迈尔斯吗？他搬到这里来了，他可真是个有趣的人。"

艾米的脑子里立刻冒出了迈尔斯叔叔的样子：尖额头，大鼻子，小嘴巴，瘦小的身子常常套着宽大的衣服。小时候，迈尔斯叔叔住艾米家隔壁，每个无聊的周末，艾米都会跑到他家，看他惟妙惟肖地模仿大猩猩或者狮子的动作，然后笑得捂住肚子。

艾米下了车，让父母先回去。是的，艾米打算去看看迈尔斯叔叔。对于艾米的到来，迈尔斯叔叔显得非常意外，毕竟他们已经有很多年没有见面了。愣了一下后，迈尔斯叔叔伸开双臂抱住了艾米，像小时候无数次那样。

"我常常想起你，孩子。"迈尔斯叔叔说。艾米笑着点点头，觉得这只是一句表达礼貌的话，直到他从壁炉上面的一个盒子里捧出一支玻璃玫瑰。他笑着说:"这是你6岁的时候送给我的,亲爱的,这是我最喜欢的一件礼物。"

玻璃玫瑰……噢……是的,那是艾米上幼儿园时的奖品。当时幼儿园有个规定:如果不吵闹、不乱跑,他们就能得到分数奖励,凑到一定的积分后,就能用来兑换奖品。老师带他们看了陈列柜里的奖品,当艾米看到那台小口香糖机的时候,兴奋地叫了起来。五颜六色的口香糖静静地躺在口香糖机里,只要轻轻一按,就会蹦出来一颗,这是多么美妙的事情呀!

艾米存了很长一段时间,终于攒够了兑换他想要的那台小口香糖机的积分。在选奖品的时候,艾米开心地想象着把它拿到小伙伴面前时,大家羡慕的眼神。对了,艾米还要把它带到迈尔斯叔叔家里,让他和自己一起分享美味的口香糖。可是,迈尔斯叔叔从来不吃口香糖呀!

想到这里,艾米突然冒出了另外一个念头——选择换一支玻璃玫瑰。迈尔斯叔叔很喜欢玫瑰,他的花园里种满了各种颜色的玫瑰。下午艾米正好要去他家里玩,就把这支玻璃玫瑰作为礼物送给他吧。这也是艾米第一次送迈尔斯叔叔礼物呢!

艾米不记得迈尔斯叔叔收到礼物后的反应,甚至都把这件事忘记了,如果不是今天他小心翼翼地捧出这支玻璃玫瑰的话。迈尔斯叔叔说,每次看到它,就会有一种被人牵挂的幸福和温暖。

艾米不禁感到庆幸。他知道,如果当初选择了那台小口香糖机,它也许早就被扔进了垃圾桶,连同与之相关的所有记忆。而这支小小的玻璃玫瑰,在多年后,却变成了一团小小的火焰,温暖了迈尔斯叔叔,也温暖了艾米自己。

5美元的交通费

接到那家公司的面试通知时,我兴奋地几乎要跳起来。我是说,如果我有足够的力气的话,但当时我已经两天没吃饭了。两天前,我花光了身上所有的钱,如果再找不到工作的话,我很可能会被房东赶出来,然后流浪街头……噢!这简直让人不敢想象。

我翻出一套还算整齐的衣服穿上,步行赶往那家公司——我实在拿不出坐车的钱了。好在路程也不是很远,走了大概20分钟就到了。

负责面试我的是一位魁梧的中年男子,他细细翻看了我的简历,然后问了我几个与所招聘的职位相关的问题。我不知道他们为什么通知我来参加面试,但说实话,我觉得自己并不适合这个职位,它和我之前做的工作完全没有关联,而且恰好是我的弱势。很不幸,面试官似乎也意识到了这一点。所以,面试很快结束了,他带着礼貌的微笑告诉我:"请你回去等消息吧!"

"拜托,能不能给我一次机会?我真的很需要这份工作。"想到被房东赶出来后的下场,我突然决定争取一下。面试官打量了我一番,却仍然不为所动,轻轻摇了摇头。我很失望,甚至在心里咒骂了他一番，却也毫无办法。无意间在玻璃中看到自己无精打采的形象时，我自己都感觉糟糕透了。不过，就在我沮丧地离开之时，听到身后有一个声音传来："请等一下。"

我停下脚步，面试官从办公室里追出来，他一边把手里的一个信封递给我，一边说："天气炎热，很感谢你来面试。"看我疑惑地接过信封，他解释说："这是给面试者发放的交通费，每个人都有。"他笑着，似乎还带着一丝神秘，说完后便转身离开了。

我打开信封一看，里面竟然装了5美元！天哪，对我来说，这简直就是一笔巨款了。当然，我并没有选择用它来乘车，虽然乘车并花不了多少钱，但我更需要用它来买面包。也许它能够支撑到我找到下一份工作呢！

一个星期后，我真的幸运地找到了一份新工作，顺利度过了那段最艰难的时期。有次和新同事聊天时，得知他此前竟然在同一天和我去了同一家公司面试，我感慨地说："多亏了那5美元的交通费，否则现在我可能已经成了一名流浪汉。""什么？交通费？"新同事笑着说，"那只是泡沫经济时期的传说，现在早就没有一家公司会这么做了。"

我愣在原地，想起了面试官那天的举动和表情，似乎突然明白了什么……

这不是我的选择

当那名男子认出诺克斯医生的时候,几乎在同时诺克斯医生也认出了他。但诺克斯医生并不记得他的名字,可能是时间隔得太久,也可能原本诺克斯医生就没在意他的名字。诺克斯医生只记得他是陪女朋友来就诊的,是的,男子的女朋友是诺克斯医生的患者。

那是15年前的事情。诺克斯医生记得很清楚,因为那时他刚刚结婚。很不幸,男子的女朋友患了一种无法治愈的癌症,化疗了一段时间后,她身体内的癌细胞渐渐消退,病情得到了控制。但医生无法保证它不会再次复发,而且化疗使用的药物也会带来很多不可预知的副作用……男子似乎并不在乎这些,当得知女朋友允许出院时,他开心地大叫起来,并当场向女朋友求了婚。

"回去后,我们立刻结婚了,我们过得非常幸福。"男子轻轻拍着妻子的手,笑着说。为他的妻子做了检查后,诺克斯医生感觉很不可思议,因为药物的副作用以及其他并发的病症,她的肾功能全部衰竭,现在她几乎完全丧失了行动力,就是说,离开轮椅,她不能做任何事情,哪怕是走几步路或者爬几阶楼梯。诺克斯医生不知道这15年他们是怎么度过的，更重要的是，他们看起来确实非常恩爱。诺克斯医生的意思是，他和妻子都很健康的时候，却因为各种琐事吵过很多架，而他们……

男子告诉诺克斯医生，结婚后，妻子能干的事情变少了，他就干了更多的事情。到后来，妻子坐了轮椅，他就负责了99%的事情——挣钱、做饭、洗衣服……包括为她做常规治疗，逗她开心，帮她照顾两只可爱的猫咪。

诺克斯医生几乎被他感动了，情不自禁地说："你的选择很了不起。"

"噢！不，这不是我的选择。"男子耸着肩膀说。

诺克斯医生愣住了，难道男子是被迫的，或者有什么不得已的事情？

男子连连摆手，笑着说："我是说，这不是有意识做出的选择。我认为，如果有爱——我是指真正的爱，而不仅仅是口头言语，那么它完全不成问题。她是我的另一半，所以这并不是我做出的选择，我只是这么做了，而且我觉得我只能这么做。"

当护士把男子的妻子从检查室推出来后，他立刻走上前去，亲吻了她的脸颊，她则张开双臂给了他一个拥抱。

离开时，诺克斯医生对他们挥了挥手说："再见魁伯先生，再见魁伯太太。"诺克斯医生想，下次再见到男子时，他应该不会再忘记他的名字了。

爱问问题的祖母

  小时候,我的性格内向、胆小,做事情左右摇摆,拿不定主意,每次都要在妈妈的帮助下才能完成。这并不是妈妈告诉我的,虽然她在我长大后又提起过很多次,但在此之前,我确实也有印象。哦,对了,现在妈妈家里还有一张我6岁时的照片,照片中我正对着院子里的一颗卷心菜发愁,可能在想该把它放在原地还是抱进厨房里。是的,如你所见,小时候的我毫无主见。

  直到那年夏天,妈妈把我送到祖母家,并要我在那里待一个月。对于我的到来,祖母表现得非常开心,但这是我第一次住在祖母家,陌生的环境让我更加不知所措。很快,祖母就发现了这一点,"噢,亲爱的,你要学会自己做决定。这没什么大不了,天不会塌下来的。"祖母笑着对我说。可我还是会被一些小事难住。

  那天,我突然发现院子里的一盆玫瑰花无精打采地垂下了头,这是我最喜欢的一盆花,我很着急,但不知道该怎么办。

  "这盆玫瑰花好像要枯萎了,我们该怎么办呀?"我紧张地问祖母。

"是吗？"祖母抬起头看着我，反问道，"你觉得呢？"

"呃……"我迟疑片刻，说，"可能是太阳太大了，也许我们该为它撑一把伞？"

祖母笑着说："还有别的办法吗？"

我想了想回答："或者该给它浇更多的水？"

"有没有第3种办法呢？"祖母接着问。

"干脆把它搬到走廊里，等阳光不那么强烈的时候再搬出来。"我继续说。

"亲爱的，你太棒了！你想到3种办法了。"祖母开心地笑了，她把双手放在我的肩膀上，接着说，"那么，你觉得现在的情况，哪种方法更合适呢？"

我一边思考一边说："撑伞好像太麻烦……我记得妈妈说过，太阳正晒的时候不能给花浇水……那么，第3种办法最合适了。"

祖母点点头，说："看来你已经得到答案了，那就快去做吧！"

等到那盆玫瑰重新焕发出生机后，我高兴地对祖母说："谢谢。""为什么谢我？"祖母问。"因为你帮我解决了问题呀。"我回答。祖母笑着眨了眨眼睛说："我什么都没做，只是问了你几个问题。傻孩子，解决问题的其实是你自己呀！"

女儿的毕业典礼

早在一周之前,贝西默就对霍弗说:"爸爸,我要毕业了,周一下午3点,我们要举办毕业典礼,你一定要来参加哦。"当时,霍弗蹲在她面前,她勾着霍弗的脖子,眼睛里闪着兴奋的光芒。

"哦……是吗?亲爱的,祝贺你。"霍弗笑着回应她,却本能地躲开她的眼神,说,"可能吧……我是说,我需要问问我的助理。你知道的,我有很多事情要做……但我会尽量赶去参加的。"

贝西默才刚刚6岁,她可能听不出霍弗话里的勉强。她不知道,在成人的世界里,这样的回应其实是一种礼貌的拒绝。贝西默咯咯地笑起来,转过身一蹦一跳地跑回了房间,像一只快乐的兔子。

周一下午,霍弗按照日程赶去参加一个会议。不,这没有把贝西默的事情抛在脑后,事实上,中午休息时,霍弗想起了这件事,想到了贝西默充满期待的眼神。但当时在霍弗的眼里,参加这个会议可比出席一个幼儿园的毕业典礼重要多了!这个会议可能会决定霍弗的事业发展,而那只是一个陪着孩子玩闹的游戏,不是吗?

结果自然可想而知,霍弗假装忘记了女儿的邀请,心安理得地去参加了那个会议。霍弗以为贝西默会大哭大闹，但是没有，她甚至没有说一句指责他的话，只是在霍弗回家后，默默地看了他一眼。但那种眼神却让霍弗记忆深刻——灰暗而无光，让他无法再像以前那样，通过她的眼睛看到她的内心。

如果不是搬家时翻出这个日记本，看到上面的文字，霍弗可能不会记起这件事。整理好贝西默的东西递给她时，霍弗装作不经意地问："这是什么时候的日记本？""大概是幼儿园的时候吧。"贝西默淡淡地说，"就是那一年，你没有参加我的毕业典礼。"

听到这句话，霍弗不由地浑身一颤！他早已不记得那时是在跟谁开会、在谈什么，但他女儿却永远记得他没有出现。霍弗默默地记下了那个日子：2000年6月19日。霍弗希望自己以后不要再忘记。

一场持续8小时的营救

在非洲的一个小村落里,傍晚时分,几个孩子在一口深井旁边的空地上玩耍,突然他们听到一阵异样的声响,而声音来自深井。孩子们好奇地跑到井边,探头向下张望,"天哪,那不是巴瑞吗?"孩子们惊叫道,"我们得快点想办法把巴瑞救上来。"

看到伙伴们的身影,巴瑞那双已经黯淡的大眼睛突然闪出了一丝光芒。巴瑞紧紧攀住井里的岩石,双腿在水里挣扎着。孩子们找来一根木棍,想把巴瑞拉上来。可惜这口井足有四五米深,棍子根本不够长。孩子们找了很多根棍子,都无法伸到巴瑞身边。

"用绳子吧!"孩子们又想了一个办法。他们找来一根长长的绳子,一丢到井里,巴瑞就抓住了那根绳子,孩子们高兴极了!可是,大家很快发现这个办法也行不通,巴瑞可能在井里挣扎了好几个小时了,力气已经消耗殆尽,而且因为长时间浸泡在水中,巴瑞浑身瑟瑟发抖,完全没有能力抓紧绳子。

眼看又过去了两三个小时,束手无策的孩子们意识到他们无法把巴瑞救上来,转而跑去求助大人。大人们火速赶来,短暂的商讨后确定了救援方案：派一名救援人员下去，把巴瑞抱上来。可是井很深，井沿又很滑，徒手下去非常危险，而且难度很高。救援人员试了几次，都没能成功，还有好几次脚下一滑，差点摔落下去。

最后，众人在救援人员的腰上绑了绳子，然后让他拽着绳子慢慢下井。如此，救援人员终于来到了巴瑞身旁，然后把巴瑞揽在怀里，一起被众人拉上来。虽然巴瑞并不认识这名救援人员，但一向认生的巴瑞没有丝毫的挣扎，而是静静地依偎在他怀里，眼神里没有一丝的戒备，反而写满了安心。

虽然已经到了深夜，众人还是马不停蹄地骑车送巴瑞去医院检查，听到医生说巴瑞并无大碍后，大家才放下心来。此时，已经到了凌晨，整个救援过程整整持续了8个小时。

"只要巴瑞没事，我们再累也值得了。很多人说，为了救一条流浪狗花费8个小时的精力值不值得？我觉得这个问题根本不应该存在！巴瑞是孩子们的伙伴，曾给他们带来无数快乐，我们理所当然要救它。即便巴瑞只是一只普通的流浪狗，我们也会尽力去营救，因为每个生命都值得被重视。"面对镜头，人们朴实地笑着说。

一个服务生的尊严

那是很多年以前的事情了。那时威利斯在田纳西州的一所大学读书,暑假时,他到一家餐厅做了一名服务生。威利斯想让自己得到一些锻炼。当然,更重要的是,他需要赚到一笔钱用来支付下学期的费用。

一天中午,威利斯接待了一位男士。他拿起菜单,点了一份蔬菜沙拉和土豆泥。接着,他要求再来一杯威士忌。

"好的,先生,您稍等。"威利斯微笑着对他说。

"再送我一杯威士忌。"就在威利斯转身离开的时候,他补充道,"我是说,你们免费送我一杯威士忌。"

当然,威利斯拒绝了他的要求,并向他解释,餐厅没有这样的活动。

那名男士却突然大怒起来,指着威利斯不停地抱怨、指责。

威利斯不知所措地站在原地,试图向他说明,作为一名服务生,他并没有送顾客威士忌的权利。而且,也从来没有顾客提出过这样的要求。

他站起身,把桌子上的餐盘扔向威利斯,还大声诅咒威利斯的母亲。

那一刻，威利斯被激怒了。他生气地推了男士一把，随后便与他扭打起来。直到其他员工和餐厅经理赶来，把他们拉开。

看到餐厅经理，那位男士脸上显然露出了得意，毕竟"顾客就是上帝"，这是很多服务行业的准则。此时的威利斯也冷静下来，顿时清醒了不少。威利斯知道，接下来，自己要面对批评甚至是被解雇的后果了。

了解了事情经过后，餐厅经理径直走到威利斯面前，拍了拍他的肩膀，说："你没有错，你不必为此事负责。希望你没有受到伤害。"

餐厅经理转过身，对那位男士说："对于刚才发生的事，我很抱歉。但这一切都是你应得的。如果你还想继续下去的话，我会通知警察来处理。"

这一切发生得太突然、太意外了！以至于威利斯沉浸在巨大的震惊中，迟迟没有反应过来。当然，后来威利斯没有被解雇。在暑期结束后，因为表现出色，威利斯还从餐厅经理那儿得到了一笔额外的奖金。他对威利斯说："一个人，无论身处何位，无论遭遇怎样的状况，都要记得维护自己的尊严。"

这件事已经过去很多年了，但威利斯一直都没有忘记。感谢那个餐厅经理，替他维护了一个服务生的尊严，也帮助他在此后人生中的无数个时刻，维护了自己的尊严。

我只是一个有缺点的普通人

我是一个天才。这不是我说的。认识我的老师和同学们都这样说。

从小，父母就说我很聪明，老师们也都说我很聪明。没错，我的学习成绩非常棒，从小学一年级开始到中学毕业，我的成绩一直是全A。

我因此沾沾自喜，并开始真的相信自己是一个天才。不过，唯一的缺点是，我在社交上表现得很差。我不擅长与周围的同学交往，也包括老师。每天我都是一个人独来独往，似乎没有人喜欢和我在一起。在公开场合，我甚至说不出一句完整的话——我不知道为什么，在人多的时候，我会莫名地紧张。

当然，可能这也不算缺点，因为我是天才。我相信，其他孩子们只是太蠢了才无法理解我。

到了大学，我在社交方面的障碍似乎更加严重了。不过此时，我依然觉得这并不算问题。不是吗？我和别人不一样，我已经接受了自己成为学术研究者的人生。于是，我无视了这一点，更加努力学习。至少我的聪明让我很特别。我的本科也是全A，之后MCAT医学院入学考试也很顺利。

直到进了医学院，我才意外地发现，之前我笃定认为的一切竟然都是假的！我的竞争力根本就很普通，我一点都不特别。这里的所有人都非常聪明，他们的成绩都是全A。

更让我彻底失望的是，他们不仅聪明，而且社交能力非常强。学校演讲、组织活动、参加各种体育比赛……他们的脸上带着自信和阳光的笑容，和任何人都能聊得很开心。而且，他们还有很多在本科和高中里的回忆和故事。

而我什么都没有！除了拼命读书换来的全A的成绩。我突然意识到，我并不是天才，也根本没有想象中那么聪明。我只是一直都没有社交生活，把所有时间都用来学习才获得了好成绩。我的潜力似乎已经用尽，别人却可以一边社交、健身，一边轻松地学习。

是的，我并不是天才，但我在社交上面的缺点却是真实存在的。有时候，我希望自己从来没去医学院读书，那段经历彻底击碎了我觉得自己与众不同的想法。但有时候，我又觉得这一切来得很对。

承认自己只是一个有缺点的普通人很难，但只有这样，才会有改变的机会和可能吧！我希望这一切还不算晚。

我最大的快乐是与别人分享快乐

得知自己中了500万大奖，会是什么感受？是不是有一种被快乐激动砸晕的感觉，瞬间觉得超级幸福。那么，每天打电话通知别人中了500万是什么感受呢？按理说，中大奖的人应该是最幸福的，而眼睁睁看着一大笔钱被别人收入囊中，自己还得通知这些人来收钱，这种感觉应该很微妙吧！

一个名叫马特·哈特的小伙子最有权利回答这个问题，因为他就是在电话那头通知你中奖的人。马特来自澳大利亚布里斯班，他在澳大利亚最大的彩票运营商The Lott工作。马特每天的工作内容很简单，就是在一个小型的隔音房间里打电话，而他打电话的对象正是那些买彩票中了大奖却还不知情的人们。

马特说，他从事这项工作已经有几个年头了，在这期间，打出去的电话有700多通。而电话那头人们的反应总是各种各样的。

"您好，这里是The Lott彩票中心，想告诉您一个好消息，您之前在这里买的彩票中了500万。您什么时候有时间来兑换呢？"听了这句话后，很多人的第一反应往往不是高兴而是质疑："你说我中奖？不会是骗子吧！"有一位在悉尼的获奖者干脆把他的电话当成了恶作剧，并警告他，再打来就报警！每次马特只能耐心地再打回去各种解释，直到人们相信为止。

确定自己中了大奖后，很多人要不就是直接惊呆了，在电话那头半天不说话，要不就是疯狂地开始尖叫，还有人激动到痛哭。马特回忆起自己印象最深的一位女士，他说那是他打过的最感动的一通电话，直到现在回想起来，都忍不住鼻酸。

当那位女士得知自己中了100万后，突然痛哭起来，但并不是喜极而泣。平静下来后，女士告诉马特自己痛哭的原因。她说自己患癌已经有一段时间了，为了治病，她的丈夫日夜不停地工作。而现在，这100万足以让他放下手头的工作休息一段时间，静下来陪她度过最后的时光。最后，女士对马特再三感谢之后才挂了电话。

有时候，马特也会和中奖的人们简单聊几句中奖之后的打算。多数人表示会将钱存起来，或者投资理财。还有一大部分人会用这笔钱付清房子的贷款、投资孩子的教育，或者把钱花在父母身上，让他们早日退休享受生活。马特印象最深的是一位中奖后打算先去理发的人，理发看起来完全是个很日常的事情，但很明显，也许在中奖之前他很可能没有钱好好去理个发。马特说："这笔钱真的完全改变了他的生活。"

有人好奇地问出了文章开头提出的问题：面对眼前的巨款，通知别人来拿，会不会心酸、不爽，或者是嫉妒、抓狂？马特摇摇头回答都不是。他反倒觉得自己每天和那些中了奖的人一样开心，他认为自己的工作是全澳洲最幸福的工作之一。

"我感觉自己好像一个圣诞老人，或者复活节上的兔子，每天都会告诉别人最棒的消息，嘿，你成为大富翁啦。我每天都和不同的人度过他们这一天乃至这一段时间内最开心的时光，和他们一起分享快乐。我很喜欢享受这一切。是的，我最大的快乐就是与别人分享快乐。"马特笑着说。

10分钟的快乐时光

布瑞恩发现了一件非常怪异的事情。

早上,布瑞恩打开信箱拿出报纸,发现上面的填字游戏又被人填了。是的,这已经不是第一次了,至少有一个多月了吧。一开始只是偶尔填一次,后来越来越频繁,直到最近,连续一周,布瑞恩的报纸上面的填字游戏都被人填过了。

事实上,布瑞恩并不喜欢填字游戏,也从来没有填过。但是,这并不意味着别人可以在他的报纸上乱填,并且没有经过他的允许。布瑞恩决定抓住这个一直填他报纸的人。

第1天,早上8点,布瑞恩从信箱里拿出报纸时,已经被填过了。第2天,布瑞恩起得早了一点,7点半的时候,他就来到信箱旁,可报纸还是被填过了。第3天,布瑞恩特意把闹钟定在了7点,但是仍然没有用。布瑞恩决定放弃了,因为他实在没有办法起得更早。

直到有一天,布瑞恩在朋友家玩到凌晨4点归来,路过邮箱的时候,他特意返回去看了一眼,报纸还没送到。布瑞恩兴奋得几乎要跳起来了,他快速打开门,躲在门后,确保不被外面的人发现,但同时又能观察到信箱前动静。

不知道过了多久，布瑞恩的邻居走了出来，那个八十多岁的独居的老头。他把报纸从信箱里拿出来，就站在信箱旁开始做填字游戏。看起来，题目对他来说似乎有点难度，他时不时地皱眉思索，还不断地偷瞄布瑞恩的大门。大概有10分钟吧，他终于填完了，然后把报纸原样放回了信箱。

一直到他离开，布瑞恩都没有走出来。是的，布瑞恩放弃了原来的想法。他发誓，他从来没有见过一个人可以那么开心，尤其在做完题后，他脸上的笑容，让他看起来像沐浴在一片阳光中。

那天，布瑞恩买了一本有1000个填字游戏的书，作为圣诞节礼物送给了他。他像一个收到小狗的孩子一样，高兴得又蹦又跳，一点都不会掩饰自己的情绪。

他拉着布瑞恩坐在门廊那里写填字游戏，还邀请布瑞恩一起参加。布瑞恩忍不住问他，既然这么喜欢填字游戏，为什么不订一份报纸呢？他的眼神突然变得黯淡，他低下头说："我不知道自己还能活多久，也许某一天早晨，报纸送来后，我却永远都拿不到了……"他给布瑞恩讲述了自己参加二战的事情，讲了在激烈的战争中死去的战友。他说他不怕死亡，只是觉得这个世界发展得太快，人生太过孤独。

后来，布瑞恩总是给他买填字书，也会花10分钟的时间陪他一起玩填字游戏。布瑞恩知道，那10分钟，是他最快乐的时光。当然，也变成了布瑞恩最快乐的时光。

高贵的体面

这是学生们自发组织的一场晚宴，可能因为是圣诞节前的聚会，参加这次晚宴的人非常多。其中有打扮得光鲜得体的富家子弟，也有靠勤工俭学一路走来的穷人家的孩子，他们自然买不起一件像样的礼服。所以，现场的气氛似乎有一点点尴尬。

乔治却没有这种感觉。虽然他的衣着很普通，甚至有点寒酸，但他毫不在意一些富家子弟投射来的不屑的目光。在晚宴上，乔治开心地喝饮料、吃东西，与大家聊天。当然，他刻意没有去找那些身穿华丽礼服的学生说话，他觉得他们所谓的"体面"只是表象，甚至是一种伪装，是庸俗的象征。

晚宴结束后，乔治准备步行回宿舍，他想省下坐电车的钱。从电车旁走过时，一只手套突然从上面掉了下来。"一定是哪个富家子弟丢的。"乔治搓了搓冻红的双手，捡起这只手套，这是一只精美的皮手套，触摸着它柔软的外皮和厚实的内里，就能想象出它保暖御寒的效果。但仅仅顿了几秒，乔治便举起手套，想要找到它的主人，物归原主。

很快，一个男孩从电车里探出了头，他手上戴着的手套和乔治手里的一模一样。不过，就在乔治打算把手套递给男孩时，电车突然启动了，乔治跟着快速地跑了几步，却还是追不上。电车越来越远，这时，电车上的男孩摘下了另一只手套，朝乔治扔了过来。乔治愣了下，看到男孩脸上的微笑时，才明白他的用意：他要把这双手套送给自己。乔治挥了挥手，回应了他一个微笑。

这是美国慈善家乔治·索罗斯讲的一个故事，故事中的乔治就是他自己，而那个男孩后来成了他最好的朋友和合作伙伴，他们一起助力推动慈善事业的发展。"有时候，人们喜欢用金钱、权力、物质等外在的东西评判一个人是否体面，认为拥有物质越多的人越体面，或者反过来认为，拥有物质多的人可耻。但这其实都是错误的，正如外表贫寒的人不代表不体面，外表光鲜的人也不一定都可憎，体面与否不能用外在物质来衡量。正直、慷慨、善良这些优秀的品德，才是最高贵的体面。"乔治·索罗斯感慨地说。

白得的赔偿

10年前,黑尔兹居住在密西西比州一个叫罗灵福克的小镇上。一次去教堂回来时,黑尔兹看到邻居们聚集在一起,似乎在激烈地讨论着什么问题。

"发生了什么事情?"黑尔兹凑过去问。

"噢,天哪,你还不知道吗?"莎莉挥舞着双臂说,"西沙必利(一种药物)出了点问题,很多人吃了之后,开始感觉不舒服……现在有一场关于西沙必利的集体诉讼,你要加入吗?"

"呃……"黑尔兹挠了挠头,努力在脑子里搜索西沙必利这个词。噢,对了!上周社区医院的布鲁尼医生刚好给他开过这种药,好像是为了治疗他的消化问题。可是,这种药在黑尔兹身上没有出现任何副作用,反而治好了他的病。

莎莉已经准备走了,黑尔兹听到她和别人说,胜诉后每个人可以拿到几千美元的赔偿。几千美元?黑尔兹承认,在听到这个数字时,他心动了。只要在这份集体诉讼书上加上一个名字,就能白白得到一笔赔偿——这似乎是一件不错的事情。于是,黑尔兹叫住了莎莉,并在集体诉讼书上签上了自己的名字。

事情竟然出奇的顺利，很快，黑尔兹就得到了那笔赔偿，他为此而沾沾自喜。不过，黑尔兹高兴得似乎太早了。布鲁尼医生听说这件事之后，找到黑尔兹问："你觉得我的诊断有误吗？或者让你的身体出现了其他问题吗？"

黑尔兹不知道该怎么回答。其实，布鲁尼是一位非常善良、负责的医生。去年，因为社区医院的医疗资源非常短缺，布鲁尼医生带着他的妻子来到了罗灵顿克。他们对待病人态度和蔼，还免费为很多穷人看病，得到了当地很多居民的称赞。

得知黑尔兹参加集体诉讼的原因后，布鲁尼医生的眼神突然黯淡下来，他摇了摇头，没有说一句话就走了。后来，布鲁尼医生竟然带着妻子离开了这里，还有一些医生也跟着离开了。社区医院因此而失去了将近一半的医生。

虽然黑尔兹白得了一笔赔偿，但他知道，因为他的贪婪，他们失去的不仅是宝贵的医疗资源，还有信任、诚实、正直、尊重等更多的东西，这远比几千美元重要得多。这十年间，黑尔兹一直在努力地帮助别人，他想要告诉大家，除了钱之外，还有更多重要的东西。黑尔兹希望能弥补当初犯下的错。

不紧急却重要的事情

"噢,宝贝,你是不是有一个月没有回家了!"母亲在电话里对我说。她用了一贯夸张的语气,我甚至能想象出她一边说话一边挥舞手臂的样子。

"我很忙,你知道,我需要做很多事情……今天晚上我会回家,我是说,如果没有紧急的事情的话。"我匆忙说完,就挂断了电话。

事实上,自从创办了这家时尚购物网站,我几乎所有的时间都在工作——有太多的事情需要我去处理了。

前段时间,我专程去拜访了约翰·霍普金斯大学商学院的纳什教授,向他请教怎样能更高效地完成工作。

纳什教授给我看了很多他们的研究成果,都是关于时间管理方面的内容。他说:"你要把需要做的事情列出来,然后把它们分为紧急重要的事情,以及没那么紧急和重要的事情。然后,根据这个划分,依次去解决。"

为了更好地帮我弄清事情的主次,做出明智的决定。纳什教授还提到了"艾森豪威尔盒子"。这个盒子是以前任美国总统命名,它把任务分成了四种，然后针对不同的任务，做出不同的计划。

这个方法确实有用，它让我的工作变得更加有条理，不用再手忙脚乱——如果没有母亲随时打进来的电话和发来的邮件的话。事实上，母亲经常给我打电话或者发信息。当然，我并不讨厌和母亲聊天，只是我真的没有太多的时间听她讲"后院的草坪上飞来了两只蝴蝶"这样的事情。

所以，当我看到母亲发来的短信时，我并没有回复——按照纳什教授的方法，这应该属于不那么紧急的事情，等到空闲时再回复也不晚。虽然事实上，我经常会把这件事忘得一干二净。

"噢，不，我想你可能有一些误会。"纳什教授耸了耸肩膀，接着说，"也许还有一类事情，它不是那么紧急，而且和你的工作也没有直接关系，但却比工作重要得多。比如，回复家人的信息。"

我在心里想着纳什教授的话，同时下意识地把字打进了母亲的对话框。母亲的短信很快又回了过来：亲爱的，没想到这么快就能收到你的回复，注意身体，我爱你。

看到这条信息，我情不自禁地露出了笑容。到底什么是"紧急"？我想，也许我该好好思考一下这个问题。有时候，让你忙到凌晨3点钟的事情可能没那么重要，却让我们忘了有些事情没那么紧急却非常重要——亲情。

比萨的味道怎么样

萨利是刚刚搬来的邻居。我很喜欢他，我们很快就成了好朋友。

那天，我帮萨利把一只箱子搬到了阁楼上。那只箱子很大，很重，我和萨利花了一个多小时，才一点点地把它挪到了楼上。

萨利拍着手上的灰尘，笑着对我说："噢，艾米，谢谢你，真的很感谢你。明天请你来我家，我要做比萨给你吃。"

第二天，我来到了萨利家。萨利还邀请了其他的伙伴们。喝了一点饮料之后，萨利端上来了一个超大的夏威夷水果比萨。萨利说，为了这个水果比萨，他从昨天就开始准备，一连去了五家超市，才买齐了他想要的水果，蓝莓、菠萝、草莓等都是他仔细挑选出来的。今天早上六点，萨利就起床开始做准备工作了。

"非常棒！简直太美味了！"吃了比萨之后，伙伴们夸赞道。萨利在我身边坐下来，问："艾米，比萨的味道怎么样？"他盯着我的眼睛，似乎很期待我的回答。

"嗯……还行吧！"是的，我也觉得比萨的味道还不错，但我认为，我应该实话实说，或者说，给萨利更多的建议。于是，我接着说：

"其实并不是太美味，我是说，它的外皮还不够酥脆。"

萨利的眼神突然黯淡下来，脸上的笑似乎也有些慌乱，他说："哦……这样啊……我还以为你会喜欢……我的意思是，以后我会多下点功夫的……"

后来，萨利突然对我冷淡起来，他不再来找我玩耍，也不再找我帮忙。有时我去找他，他也总是一副心不在焉的样子。我不知道这是怎么回事，萨利为什么会这样？我隐约觉得这可能与比萨的事情有关，可是，我并没有做错什么，我只是实话实说呀！

"孩子，我们当然要说实话。可是，有时候，实话其实并不重要。"祖父拍了拍我的肩膀说，"在这件事情中，比萨的味道如何并不重要，给萨利建议更加没必要。重要的是，萨利是在用亲手做的比萨感激你，你只需要让他知道自己收到了这份感激，并且很珍惜，这就够了。你知道吗？萨利期待的只是你收到这份感激后的回应，而不是单纯地问你比萨的味道。"

后来，我找到萨利，对他说："谢谢你萨利，谢谢你精心做的比萨，它的味道非常棒，我很喜欢。"萨利笑了，我也笑了。当然，后来我们又成了最好的朋友。

第 4 辑

"你要先赢了自己"

可是,他那样做,并不代表你的梦想是错误的。
这证明你的梦想非常珍贵。
不过,想要实现梦想,你要先赢了自己。
你知道吗?
最厉害的还击不是愤怒地退学,
而是努力去证明他错了。

最尴尬的事情

瑞安在聚会上搞砸了。早在一个月前,瑞安暗暗地跟调酒师学习调酒,练习翻瓶、托瓶、卡酒。他想象着在聚会的时候,不经意地展露出高超的调酒技巧,引来朋友们意外地欢呼和尖叫。

不幸的是,瑞安由于兴奋、紧张,没有接住抛掷出去的酒瓶。"哗啦"一声,酒瓶在地上摔得粉碎,瓶子里的鸡尾酒全部洒了出来。好在酒瓶并没有砸到人,朋友们也只是摇头笑了一下,在侍应生收拾了地上的碎片之后,聚会又恢复了正常。

但瑞安却一直为此而不安,朋友们一定在背后嘲笑自己,也许现在仍在议论,说不定此后的聚会上,这件事会一直被当作笑柄提起来……真的太令人难堪了!

"今晚的表现太糟糕了,是吗?"在回去的路上,瑞安问好朋友费勒。

"什么?"费勒一边玩手机,一边回答,"哦,是的,确实很糟糕。"

瑞安很失望,但仍接着问:"所有人都看到了吗?"

"我想应该是的,好多人都回头了呢!"费勒回答。

瑞安撇了撇嘴,沮丧地说:"也许以后会成为大家的笑柄了。"

"这真的是一件非常尴尬的事情。"费勒叹了口气说,"可是,谁能控制得了呢?我真的是忍不住了呀!"

瑞安疑惑地看了费勒一眼,问:"你在说什么?"

费勒耸了耸肩膀回答:"当然是我在聚会上放屁的事情呀!真的太糟糕了,你不也是这样认为的吗?大家肯定会嘲笑我,说不定现在还在议论……"

听了费勒的话,瑞安却轻松地笑了起来,他对费勒说:"如果只有你自己觉得尴尬,别人都不会记得,那就没关系。别紧张,伙计,也许大家早就忘了呢!"

你代替了上帝的职责

克里斯曾经做过一次非常艰难的手术。当然,克里斯知道他的经验不够丰富,毕竟他做外科医生的时间还不到两年。但克里斯的同事,在这家医院工作了二十多年的马托克斯医生也表示,这是一台"与死神较量"的手术。

幸运的是,克里斯顺利完成了那台手术,并且成功避免了手术过程中可能出现的所有的意外和麻烦。这台手术耗费了8个小时,这期间,克里斯没有吃一口食物,没有喝一口水。手术结束后,克里斯瘫坐在地板上,累得说不出一句话。

等待患者苏醒的时间里,克里斯按时到病房查房,仔细分析患者的各项指标。哪怕有一项指标出现波动,克里斯就会一直坐在那里观察,并想办法解决。

两天后,患者终于醒了过来,各项指标也都恢复了正常。克里斯松了口气,作为医生的成就感让他很快乐。

"我没事了?"患者定定地看着克里斯,试探着问。

克里斯笑了笑,回答:"是的,你已经脱离了危险。"

听了克里斯的话，患者顿时热泪盈眶，他努力地抬起虚弱的双手，放在胸前，小声说："感谢上帝！"

克里斯站在一旁，突然感觉很尴尬。难道他最该感谢的人不是克里斯吗？虽然克里斯知道，救死扶伤是医生的职责，但是，是克里斯花了8个小时把他从死神那里拉了回来啊！最起码应该得到一句感谢吧。可是，他似乎完全忽视了克里斯，只是不停地小声说着"感谢上帝"。

"亲爱的，上帝是护佑世人的，而你护佑了那名患者。"妻子听了克里斯的抱怨，笑着说，"我的意思是说，其实在某个时刻，你代替了上帝的职责。所以，他感谢上帝其实就是在感谢你呀！"

克里斯承认，妻子的一句话解开了他的心结。克里斯不再纠结，更不再生气和抱怨。在此后几十年的职业生涯中，每次想到某些时刻，他能够代替上帝的职责，就会多几分敬畏、悲悯和包容。

达·芬奇会做可丽饼吗

丽萨爱上了绘画,像我年轻时那样痴迷。她经常捧着一本大画册,那是我年轻时收藏的东西,她一遍一遍地翻看,每次都兴致勃勃。每天睡觉前,她还喜欢听我讲画家们的故事。

但是,我现在已经对绘画失去了兴趣。不,其实不仅仅是绘画,我对很多东西都失去了兴趣,如果它们能给我带来更多的财富的话,我可能会持续地对它们保持热爱。遗憾的是,我无法从这些爱好中赚到一分钱。我是说,我快要失业了,而这些东西无法给我带来任何实质性的帮助,反而让我更加沮丧——与这些成功人士比起来,我真的太失败了。

我的收入越来越少,我不确定是否支付得起下个月的账单。我已经很努力地在找新的工作,结果却是四处碰壁。我不知道自己是否还能坚持下去。

"妈妈,达·芬奇很厉害吗?"丽萨抱着那本大画册问我。

"当然。达·芬奇是一个很伟大的画家。"我回答了丽莎,眼神却飘向窗外,有点心不在焉。

丽萨又问:"他是不是只会画画?"

"哦，不，宝贝儿。"我耸了耸肩膀说，"他还会物理、数学、解剖、设计、机械，几乎是什么都会呢！"

说完，我突然有一点难过，自己真的是一无是处呢！

"那达·芬奇会做可丽饼吗？"丽萨接着问。

"这……"我不知道丽萨为什么会问这个问题，"可是，达·芬奇会不会做可丽饼有什么关系呢？"

丽萨没有回答我的问题，又重复地问："达·芬奇会做可丽饼吗？"

"可能……可能不会吧！"我想了想回答。

丽萨突然笑了起来，仰起头说："那还是妈妈更厉害。达·芬奇不会做可丽饼，但是妈妈做的可丽饼是最美味的。"

我愣了一下，眼睛一酸，紧紧地抱住了丽萨。

后来，我找到了新的工作，收入也越来越多。我知道，这都是丽萨给我的勇气，让我顺利地度过了那段最艰难的日子，并且还会陪着我度过以后的每一个日子。

你要先赢了自己

小时候,博恩住在北布鲁克林区。如你所知,那里条件很落后,治安也很差,博恩和祖父就住在那一排排低矮简陋的平房里。尽管博恩不太愿意提及,但它还有另一个名字:贫民窟。

博恩的整个童年就是在这个垃圾遍地、污水横流的地方度过的,直到7岁时,祖父要送博恩去上学。博恩很不情愿,每天和伙伴们一起玩耍是他最快乐的事情。祖父告诉博恩,只有上学才能找到快乐。"孩子,那会是真正的、让你受益终生的快乐。"祖父说这些话的时候,眼睛里有一种博恩从来没有见过的光彩。

博恩对祖父的话一直深信不疑。第二天,他就到位于北布鲁克林区和南布鲁克林区交界处的一所学校报到了。这所学校里的学生大部分都是白人,包括老师也是一样。

事实上,从上学的第一天开始,博恩就体会到了祖父所说的快乐。书本里的许多东西都是他从来没有见过,甚至没有听过的,这一切都让博恩感觉新奇而兴奋。博恩甚至想象着,将来长人后,也能获得那些美好的东西,过上他从来没想享受过的美好的生活。

但是没过多久，博恩的梦想就破灭了。博恩在学校闯了祸。他在图书馆借阅了一本书，却忘了在规定的时间内还回去。布鲁诺老师非常生气，他喋喋不休地指责博恩，足足有十来分钟。最后，他看着博恩，不屑地说："你们都是一样的，没有诚信，没有责任，将来肯定像你们的父母一样，永远一无是处！"

那时博恩还小，不知道布鲁诺老师说的"你们"是指谁，但他知道，肯定包括自己。博恩说不上来那是一种什么感觉，可能是被轻视、被质疑、不被信任的感觉吧。它让博恩很不舒服，而且很愤怒。博恩决定退学。

祖父制止了博恩。博恩对祖父说："我敢保证，他是我见过的最坏的老师，他不该那么否定我……""是的，孩子。一个理想的老师不该那样做。"祖父拍了拍博恩的肩膀，接着说，"可是，他那样做，并不代表你的梦想是错误的。这证明你的梦想非常珍贵。不过，想要实现梦想，你要先赢了自己。你知道吗？最厉害的还击不是愤怒地退学，而是努力去证明他错了。"

这是20年前的事情了。现在博恩有了自己的公司，过上了体面的生活。博恩很庆幸，当初听从祖父的话，放弃了退学的打算。博恩说的是，有时候，别人的打击可能对一个人的影响非常大，但更重要的是，你不要因为别人的一句话就放弃自己。是的，如果你想赢得人生，就要先赢了自己。

一个比萨的尊严

库柏是英国利物浦一家快餐店的老板。这家快餐店店面不大,但食物种类很多,而且都精致可口,尤其是特制的风味比萨,材料考究,做工精细,口感美味,很受当地人的喜欢,成了这家店的招牌菜。

有一次,一个十来岁的小男孩走进店里,他认真地看了半天菜单,然后问库柏:"请问,这种风味比萨就是大家都喜欢吃的那种吗?""是的,亲爱的,这是我们店的特色。"库柏带着灿烂的笑容回答。小男孩也开心地笑起来,"好的,请给我来一个比萨带走,要特大号的哦。"

后厨很快就把一个热烘烘的比萨做好,库柏利索地把比萨装到盒子里,双手捧着递给小男孩,"亲爱的,你的比萨好了。"直到这时,库柏才发现小男孩的异样,小男孩的右臂很细很短,而且无力地耷拉在身体一侧,似乎无法抬起。这让库柏为难起来,小男孩该怎样带走这个比萨呢?很显然,单靠左手,小男孩根本捧不动这个18寸的比萨。

"麻烦你帮我把比萨放到这里好吗?"小男孩抬起左手臂,指了指他的胳肢窝说,"我可以这样夹着比萨回去。"

"这……"库柏犹豫道,"这样恐怕不好……你知道的,比萨只能平放,否则它上面的馅料就会撒下来,会影响口感的。"库柏的担忧完全不是多余的,有时候即使平放,一不小心比萨上面的芝士就会沾到盒子上,如果立起来的话,简直不敢想象一个精致的比萨会变得多么糟糕!这可真辜负了厨师精心的付出。而且,一个小男孩的胳肢窝里夹着比萨?这画面也太可笑了,一定会引来很多路人关注的目光,小男孩该多难为情呀!

小男孩无可奈何地说:"可是我没有办法,只能这样了。"

看着小男孩愁眉苦脸的样子,库柏突然有了一个决定,"我们可以帮你把比萨送到家。"

"不,不,不用了。"小男孩说,"我没有多余的钱来支付送餐的费用。"

库柏摆摆手,大笑着说:"亲爱的,我想你误会了,我是说,我们愿意免费帮你送回去。"

最后,库柏让一名员工帮小男孩把比萨送了回去。而且他告诉员工们,只要小男孩来买比萨,一律提供免费送餐服务。

当小男孩第N次来买比萨时,终于忍不住问:"为什么呢?可以告诉我为什么吗?"库柏停下手里的工作,认真地说:"为了一个比萨的尊严。"

一件尴尬的事

11岁那年的夏天,我受邀参加同学托尼的生日聚会。我敢说,这是我第一次参加如此盛大的聚会,在绿色的大草坪上,到处都是鲜花和气球,洁白的长形餐桌上铺着漂亮的碎花桌布,上面摆满了美味的烤肉、火腿,以及小甜点和水果沙拉,当然还有各种口味的饮料和酒。

我和伙伴们坐在草地上,尽情地享用美食。参加聚会的人很多,除了托尼的小伙伴们之外,还有很多大人们,应该是托尼父亲的朋友,他们坐在一起喝酒聊天。我突然发现,在离我们两三米远的地方还有几个外国人!他们正开心地聊着天,我听不懂他们在说什么,但听起来似乎是法语,或者其他,反正不是英语。

"看呀!"我努了努嘴,示意伙伴们那儿有几个外国人。当时我们都没去过别的地方,也很少见到外国人,他们看到之后都跟我一样兴奋。我们小声讨论着他们的长相、穿着、说话的声音以及语调,并猜测他们具体是哪个地方的人。

当然,我们知道,这样子议论别人是非常不礼貌的行为。但看到他们对于我们的谈论毫无反应,我们便越发兴奋起来——原来他们真的听不懂英语呀！于是，我们的声音也越来越大，讨论的内容也越来越大胆，甚至有人开始嘲笑其中一位女士略微突出的门牙。我提高了音量说："唉，他们什么都不知道，也不会学外语，真可怜。"说完，我还故意往他们的方向看去。

没想到，这时候一名男子突然转过头来，看着我说："你说得对，很多法国人都在错过了黄金时间后才开始学习外语。我就是前两年刚刚学习的英语，不过还好我学了，可以对另一种语言和文化感到欣赏。所以，小伙子，你也要早点学一门外语哦。"

是的，他是用英语说的。听完这段话，不仅我呆住了，伙伴们也都半天说不出话，我觉得我们当时的表情用尴尬来形容已经远远不够了。后来，反应过来的我们假装要取食物，匆忙起身离开了那里。

事后，我羞愧地跟父亲说："我错了，我以为他们听不懂英语……""不，你的错误不在这里。"父亲耸了耸肩膀说，"问题不在于他们听不听得懂，而在于你该不该说。对方听懂时不该说的话，听不懂时也不该说。"

如果说那个法国人给我上了难忘的一课后，父亲的这句话更让我难忘，多年后的现在，我依然铭记在心。

最糟糕的一天

汤姆和约翰都是从乡村来到大城市的淘金者，但他们两个人的性格却完全不同。汤姆每天愁眉苦脸，似乎总有不开心的事情，他常常挂在嘴边的一句话是"太糟糕了"；而约翰每天都笑嘻嘻的，好像发生在他身上的都是好事，他最喜欢说"太好了"。

有一次，他们住的地方发生了火灾。汤姆和约翰在睡梦中惊慌失措地跑出来，只来得及披上一件衣服，其他的都被大火吞噬了。半夜，汤姆和约翰围坐在空地上，瑟瑟发抖地分吃一块又干又硬的面包。

"这真是最糟糕的一天！"汤姆一边啃面包一边沮丧地说。

约翰咽下一口面包，跟着说："是呀，确实是最糟糕的一天！"

奇怪的是，与汤姆不同，约翰在说这句话的时候脸上竟然带着笑意。汤姆觉得约翰一定是被气傻了！他不由分说地起身离开，连一向乐观的约翰都认为这是最糟糕的一天，那还留在这里干什么呢？

十多年过去，汤姆依然在大城市打零工混日子。一天，汤姆正坐在墙角抱怨过得太糟糕时，突然听到有人喊他的名字。对方是一位衣着精致的绅士，他面露惊喜地问："汤姆，是你吗？没想到能在这里见到你，太好了。"

　　汤姆并不认识面前这位绅士，直到他说起十多年前的一场火灾。"你是约翰？"汤姆辨认出了约翰的样貌，却难以接受他现在的样子——当初他们一样两手空空的呀！约翰告诉汤姆，火灾发生后，他坚持留了下来，并努力抓住难得的机会，有了现在的发展。

　　汤姆很佩服约翰现在的成就，但有一点却让他很不解，他不甘心地问："火灾发生的那晚，你不是也承认那是最糟糕的一天吗？为什么还会有勇气继续留下来呢？"

　　"是呀，但那并不是一件坏事呀！"约翰笑着说，"相反，是一件好事。因为那天是最糟糕的一天，所以这说明，从此之后，我们只会越来越好的。这就是我留下来继续奋斗的动力。"

　　悲观的人看到的所有事情都可能是坏事，而乐观的人却能从最坏的事情中找到最好的理由。

最珍贵的礼物

19世纪80年代，丘吉尔因学习太差，常常遭到老师体罚，不得不转到哈罗公学就读。然而，丘吉尔的状况却并没有因此而有所改观，他依然是那个最顽皮、成绩最差的学生之一。

有一次，最受学生喜爱的希伯来老师要过生日，这帮可爱的孩子们都想要送给善良美丽的老师一份礼物。在哈罗公学就读的学生大部分家境殷实，他们绞尽脑汁地思考买个什么样的礼物。有孩子说："我要送给老师鲜花，女士们一定都喜欢鲜花。"还有的孩子说："我要送给老师一个大大的抱抱熊。"大家七嘴八舌，想要买的礼物也五花八门。丘吉尔笑了笑，赞同地点了点头。

到了希伯来老师生日那天，大家带着礼物相约来到了老师家。看到门外这群可爱的孩子时，希伯来老师惊喜地叫起来："天呐，我太幸福了。孩子们，谢谢你们！"进屋后，大家纷纷把礼物献给了老师，接着便坐到沙发上看起了电视。

丘吉尔放下礼物，不声不响地跟着希伯来老师进了厨房，"老师，我来帮你煎牛排吧。"丘吉尔仰起小脸认真地说，希伯来老师微笑着点了点头。两人忙了大半天，终于把色泽金黄诱人的煎牛排、散发着香味的烤面包以及新鲜美味的果汁端上了桌。同学们吃饱喝足之后，依依不舍地跟希伯来老师告辞回家了。

丘吉尔又留了下来，他和老师一起收拾好屋子，并给老师端来一杯咖啡，然后才拿出自己准备好的礼物，笑着说："这是我送给您的礼物，祝您生日快乐！"希伯来老师激动地差点落下泪来，连声说："谢谢你，丘吉尔，我想这是我收到的最珍贵的礼物。"后来，在希伯来老师的认真教导和推荐下，丘吉尔考上了桑赫斯特皇家军事学院，开始了他传奇的一生。

只要孩子们的心意都是纯真的，无论送上什么礼物都会让希伯来老师欣喜和感动。但有时候，如何送一件礼物比送什么礼物更重要。丘吉尔认真地帮老师做完家务，又送上了自己的祝福，这种表达方式更能让老师感受到他的真诚，自然能赢得老师发自内心的喜爱和欣赏。

一双最昂贵的鞋子

走下电车时,诺克斯隐约觉得身后有一道目光追随,他装作不经意地转头看了一眼,目光来自于一位衣着精致的女士。诺克斯不认识她。确定了这一点后,他加快步伐继续往前走。那位女士却追上来,并大声喊出了他的名字。

"诺克斯先生,你不记得我了吗?我是茜拉。"看到诺克斯脸上的茫然,那位女士接着说,"你忘了吗?你给我买过食物,还送了我一双鞋子。"

哦……诺克斯想起了!虽然她的样貌发生了很大的变化,但诺克斯还是从她的眉眼间辨认出来,她就是当年那个瘦弱矮小的茜拉。

那应该是8年前的事情了。也是在这个地方,诺克斯从电车上下来时,一个女孩走向他,并向他讨钱。她很瘦,看起来像是营养不良,却很年轻。诺克斯曾多次帮助这个城市里的乞丐,给他们买食物,但遇到像她一样的年轻人,他一般都置之不理。诺克斯讨厌不劳而获。

"对不起,我没有钱。"诺克斯拒绝了她。她没有像其他乞丐一样死缠烂打,眼神里反而有一种沮丧、受伤的感觉。诺克斯多看了她一眼，她穿着起球的运动裤，光着脚，没有穿鞋子，连袜子也没有。这令诺克斯想到她可能陷入了窘境，甚至可能很久没吃东西，毕竟她连一双得体的鞋子或者衣服都没有。

后来，诺克斯决定给予她帮助，但不是给她钱。诺克斯带她去超市买了食物，并让她亲自挑选一些日用品。一开始她很疑惑，在确定诺克斯不是开玩笑后，她激动地拿了一些自己需要的物品。她开心地笑着，像是圣诞节提前到来了一样。

走出超市后，她对诺克斯说了感谢并打算离开。"等一下。"看到她光着的脚，诺克斯突然想给她再买一双鞋子，诺克斯说，"你不准备和我一起去买一双鞋子吗？这样你就不必光着脚走来走去了。"

女孩无法克制地大哭起来，她说以前从来没有人这样对她。诺克斯帮她擦干眼泪，让她在鞋店里挑选一双喜欢的鞋子，她小心翼翼地比对着，最后选了一双店里最便宜的鞋子。她说这双鞋子足够她穿了，街上流浪的人都会羡慕她的。

诺克斯把他的名片给了她，告诉她如果未来需要帮助可以联系他。临走时，诺克斯对她说："穿上这双新的鞋子，你肯定能摆脱流浪的命运并过得很好。也许有一天，你会让所有人吃惊，并且会像我一样去帮助别人。"

她眼含热泪地点了点头。后来，诺克斯一直没有再见过她。

"谢谢你，我现在已经有了三个可爱的孩子。我过得很好，我也有能力帮助别的无家可归的人了。直到现在，我还珍藏着你送我的那双鞋子。对我来说，那是一双最昂贵的鞋子。"茜拉对诺克斯说着感谢，脸上露出了自信的笑容。

告别茜拉后，诺克斯的心情仍然很激动。诺克斯感觉这件事对他自己的帮助比对茜拉的帮助更大，因为他更坚定了自己的信念。是的，善良应该是我们日常生活的一部分，它没有脚，却会带领很多人脱离困境。它也告诉我们，不求回报的付出总会收获惊喜。

充满爱心的2美元

费恩拖着一个大包又踱进了这条小巷,他找到一块干净的地方,"哗啦"一下把大包里的玩具倒出来,在面前一一摊开。"一会儿那帮穷鬼就会过来了,又可以小赚一笔了。"费恩得意地自言自语道,"没有把这些玩腻的旧玩具扔掉真是明智的选择。"

看到费恩来了,左拉和小伙伴们飞快地围过来。对这群从小生活在贫民窟里的孩子们来说,这个外面来的大男孩简直太富有了!他们围着地上的玩具小声议论起来:"这个泰迪熊太漂亮了,我很早就想要一个了。"

"是呀,还有这个红色的天线宝宝,简直和新的一样。"

"哇,竟然还有芭比娃娃,太不可思议了。"

听了他们的议论,费恩不由得暗暗窃喜,这次一定可以像前几次那样一抢而空。不,说不定还可以卖个更好的价钱呢。

孩子们果然按捺不住,开始掏钱购买。也是,这些玩具很便宜,况且都是他们平时连想都不敢想的,大概只是偶然在商店里的橱窗里看过一两眼。1美元、2美元、3美元……不大一会儿,这些玩具都被孩子们抱走了。

只剩下最后一个芭比娃娃了。费恩抱着双臂，等待这帮小孩子们开口问价，甚至还想好了在适当的时候稍微提高一点价格。然而，让他奇怪的是，剩下的几个孩子只是盯着芭比娃娃看，却并没有人开口问价。半个小时过后，费恩沉不住气了，以往这个时候他早就处理完玩具，开心地坐在冷饮店里享受冰淇淋的美味了。

"嗨，亲爱的，看这个芭比娃娃多漂亮呀，这可是我妈妈花了上百美元给我买的，我都舍不得卖给你们呢。"费恩脸上挤出一丝笑，热情地说，"难道你们不喜欢吗？只要10美元就可以拥有哦。"

"10美元，这可比我在商店里看到的便宜多了！"左拉压抑住自己兴奋的声音叫道，几乎就要从口袋里掏出钱来。但当她看到身边几个孩子投过来的目光时，闷闷地住了口。接着，孩子们都不说话了。

"怎么？嫌贵吗？"费恩不停地耸着肩膀，皱起眉头说，"好吧，我再便宜一点，8美元好了。"

本以为这下该有人买了，没想到她们几个互相看了几眼，最后还是不吱声。

"这该死的天气，这么热。"费恩擦着脸上的汗珠，似乎有点不耐烦了，"5美元，想要的就拿走。"

仍然没有人表态，费恩纳闷儿极了，他明明从孩子们的眼睛里看到了渴望。如果他们一哄而散，费恩也许就抱着芭比娃娃走了，可他们既不买，又不愿意离开，到底想干什么呢？

噢！我明白了，这些狡猾的孩子一定是想压价，天知道我这价格已经低到不行了。费恩有些恼怒地想，但他一转念，又故意装出痛心的样子，一咬牙、一跺脚说："2美元，要不要？"其实，费恩已经做出决定了，绝对不卖给他们，哪怕是扔掉！对，扔掉也不会卖给这几个贪心的家伙。

"2美元？你确定吗？"左拉似乎不敢相信似的问道。费恩不置可否地笑了笑，他等着左拉掏出钱递给自己后，自己一定恶狠狠地把钱扔到地上，在他们惊疑、懊恼的目光中，抱着芭比娃娃扬长而去。

几个孩子听完，兴奋地对费恩说："请您稍等一会儿好吗？我们马上就来。"费恩看着他们转身跑开的背影，用手抓着脑袋，疑惑地耸了耸肩膀。

"亲爱的费恩，这是2美元，您数数。"听到一个轻微沙哑的声音，费恩抬起头，看到了站在面前的脸色苍白的瘦弱小女孩。费恩疑惑地看着小女孩手里一大把的美分，一下子竟不知道该怎么办了。

"这肯定是2美元，茜拉捡了好几个月的废品才攒了这么多。她多么渴望拥有一个属于自己的芭比娃娃呀！"左拉认真地对费恩说。茜拉？就是前几天孩子们说的那个患了白血病的可怜孩子吗？在那一瞬间，费恩顿时明白了，原来孩子们并不是狡猾、贪婪，而是想帮助这个可怜的孩子有尊严地实现梦想呀！

费恩把芭比娃娃交到茜拉手上，然后郑重地收下了那2美元，他知道，这不是普通的2美元，而是充满了无限爱心和尊重的2美元。他想，以后自己的旧玩具应该会有更好的主人了。

最有意义的生日

自成人礼过后,每年生日加西亚都会收到很多好友的祝福,为了不辜负朋友们的热情,他都会开一个大的生日聚会,和大家一起唱歌跳舞吃美食,当然还有喝酒。

其实,加西亚不太喜欢这种热闹喧嚣的聚会,它会让他头晕目眩。加西亚也不喜欢别人送的礼物,都是一些他完全用不上甚至讨厌的东西。可是,这又有什么关系呢?他喜欢被人关注、惦记的感觉,并愿意为此忍受所有让他不舒服的东西。

22岁的一天,晚上下班时,母亲突然打电话给加西亚,问他晚上有没有时间。加西亚的工作不算太清闲,但晚上一般都没什么事情,这母亲是知道的。得到肯定答复后,母亲兴奋地说晚上要他回家。自从工作后,加西亚就搬离了父母的家,每周末或者假期的时候才回去,这次突然叫他回去干什么呢?"你回来就知道了,我们要给你一个惊喜……"母亲神秘兮兮地说,不过随即她又惊叫道,"噢,天哪,我是不是提前泄露秘密了……"接着加西亚听到了父亲的笑声,然后他们就在慌乱中挂了电话。

下班后加西亚直接开车回到了父母家。刚打开门，房间里的灯突然灭了。接着，一个大蛋糕出现在加西亚面前，上面的蜡烛闪烁着五彩的光芒。"生日快乐！"父母从放蛋糕的桌子后面站起身，大声笑着对加西亚说。

加西亚愣住了！"生日？谁过生日？""当然是你过生日了，宝贝，忙到连自己的生日都忘了吗？"母亲拉着加西亚在餐桌前坐下来，父亲忙着把蛋糕摆上桌，等着他吹蜡烛。

加西亚下意识地掏出手机查看，每次到了生日的时候，好友都会在社交网站上祝贺，这次怎么一点动静都没有呢？打开脸书加西亚才发现，前阵子因为修改个人资料，生日那一栏忘了填写。而没有网络提醒，所有人就都忘了加西亚的生日，也包括他自己。噢，不，父母没忘——他们大概是唯一不用网络提醒而记得他生日的人了。

母亲送了加西亚一个亲手做的床单，是用从小到大他穿过的最喜欢的衣服做成的。对了，加西亚比较恋旧，这件礼物他太喜欢了！而桌子上的美食是父亲下厨为他做的。

他们一边吃东西，一边聊天，风趣幽默的父亲讲了加西亚小时候的各种糗事，惹得他和母亲笑个不停。最后，加西亚躺在原来的房间里，舒舒服服地睡了一觉。

从那以后，加西亚没有再在社交网站上写过自己的生日。他终于意识到，自己不需要那么多人的祝福，不需要接受那么多不喜欢的礼物。和能记住自己生日的人在一起，过一个舒服自在的生日，这才是最有意义的事情。

一个永远无法弥补的过错

诺亚在佩德罗小学读三年级的时候,他的语文成绩每次都考全年级第一,因此得到了琼斯老师的格外青睐。知道诺亚也喜欢读书后,琼斯老师立即慷慨地表示,愿意把她的藏书借给他看,而且还给了诺亚一把她办公室的钥匙,方便他去她的办公室拿书。

那天下午放学,诺亚去琼斯老师的办公室还书时,刚好碰见贝佐斯从里面出来,看到他垂头丧气的样子,诺亚就知道他一定又被老师批评了。贝佐斯是一个让所有老师都头疼的学生,迟到、旷课、打架、欺负同学,这几乎是他每天的日常。

"琼斯老师刚好不在,我又躲过了一劫。"贝佐斯对诺亚眨了眨眼睛,得意地说。诺亚微微点点头,算是打了招呼,他可不想和他这种"坏孩子"多说话。

琼斯老师果然不在办公室,可能遇到了什么急事忘了锁门,或者知道诺亚要来还书,特意给他留了门。诺亚把书放回到书架,然后一眼看到了书架最高层的一本儿童小说,那是他很早之前就想看的一本小说。也许是书架太高,诺亚踮着脚尖、伸直了胳膊才勉强够到那本书。然而，就在诺亚成功地把它抽出来的时候，却听到"啪"的一声，书架上的一个花瓶被他碰到地上摔碎了，花瓶里的玫瑰散落一地，水也流得到处都是。

诺亚知道，这个花瓶是琼斯老师最喜欢的东西，而且里面的玫瑰是早上琼斯老师的男朋友刚刚送给她的。当时诺亚的大脑一片空白，他不知道怎么去跟琼斯老师解释，也害怕看到琼斯老师失望的眼神。于是，慌乱之下，诺亚匆忙锁上门逃走了。

第二天中午，琼斯老师把诺亚和贝佐斯叫到了办公室。她指着摔碎的花瓶问："谁把花瓶摔碎了？"

"不是我，琼斯老师。"诺亚抢着回答，"我走进办公室的时候，它已经碎了。"

琼斯老师点点头，把目光转向了贝佐斯："那一定是你了。昨天下午放学后，就你们两个进过办公室。"

贝佐斯一脸轻松地说："我不知道，但肯定不是我。"

也许是贝佐斯语气里的无所谓惹恼了琼斯老师，她激动了起来，说了很多话，"不诚实""撒谎""坏孩子"等等词语不停地从她的嘴里蹦出来，而针对的对象都是贝佐斯。

贝佐斯对这些似乎已经麻木了，最后他竟然默认了这个事实。当琼斯老师挥手示意他们可以走的时候，诺亚真想大声告诉琼斯老师，花瓶是他摔碎的，并且向她和贝佐斯道歉。可是，诺亚终究没有勇气。

后来，时间过去越久，诺亚越没有勇气去说这件事，而它竟成了他心底的一根刺，常常无端地出现，扎得他的心无比疼痛。

直到去年，在一次酒会上，诺亚偶遇了小学同学贝佐斯。诺亚端着酒杯走过去，和贝佐斯打招呼，并和他一起回忆了学生时的趣事。借着酒意，诺亚终于提起了当年那件事，告诉他其实那只花瓶是自己摔碎的，和他无关，并真诚地向他道歉，请他原谅当年懦弱的自己。

贝佐斯摇了摇头反问道："什么花瓶？我完全没有一点印象了。"

看着一脸迷茫的贝佐斯，诺亚丝毫没有轻松的感觉。虽然他不记得了，但这并不代表诺亚没有过错，而且，这个过错永远也无法弥补了。

我只是说她长得丑

"索菲亚不理我了,我好难过。"艾比站在教室门前,对琼斯太太说。

"噢,是吗?亲爱的。"琼斯太太蹲下身体,关切地问,"到底是怎么回事呢?"

"今天早上我去找索菲亚……你知道的,我们常常结伴而行……可是今天她不愿意和我一起来学校,甚至都不肯和我说一句话。"艾比说着说着低下了头,一双大眼睛忽闪忽闪,几乎要落下泪来。

琼斯太太拍拍艾比的小脸,轻轻把她揽在怀里,安慰道:"不要伤心,小宝贝。"

艾比把脸靠在琼斯太太的肩头,抽噎着说:"即使她不愿意和我一起来学校,至少也应该回应我一下,毕竟我那么热情地跟她打招呼。我觉得她不该那样做,她伤害了我的心。"

琼斯太太没有说话,只是轻轻拍着艾比的背,好让她平静下来。然后,琼斯太太问:"可是,索菲亚为什么会这样做呢?是不是有什么误会?"

"我不知道,我们一直好好的,我并没有做什么。"艾比回答。

突然,艾比像是想起什么似的,有点难为情地说:"昨天下午我们和小伙伴们在花园里玩耍时,索菲亚把一朵花插在头发上,我说一点都不好看……可是,我只是说她长得丑而已呀!"艾比看着琼斯太太,一双大眼睛又恢复了无辜的样子。

"亲爱的,你希望大家友好地对你,热情地回应你、配合你,对吗?"琼斯太太问。"嗯。"艾比回答。琼斯太太接着说:"你肯定不会希望有人当众说你丑,是吗?"艾比连连摇头,那简直太可怕了!

"可是你却这样做了呀!你伤害了索菲亚的心,所以她会因为生气而不理你,然后你又感觉被伤害了。你渴望被人善待,但你是不是忘记了善待别人呢?"琼斯太太注视着艾比的眼睛说。

"这……"听了琼斯太太的话,艾比脸红地低下了头,"我错了,我去跟索菲亚道歉。"

被淘汰的佼佼者

看到最终的测试结果时,我和塔罗斯一样意外。一个接受了无数推荐的、天赋卓绝的佼佼者,没有通过这次课程;而一个没有接受过任何推荐的,从一开始就是整个组的笑柄的人,却顺利通过了测试。幸运的是,我是后者,塔罗斯则是那个被淘汰的佼佼者。

6个月前,我们来到了这个集中训练营,经过半年的训练之后,我们将走向充满挑战的、却也令人无限期待的工作岗位。但整个训练过程却异常艰苦和残酷,通过一项项测试,它会逐渐淘汰小组成员,而最终的淘汰率为50%。也就是说,每两个人中,会有一个人被淘汰。

毫无疑问,我是那个被认为一开始就会淘汰掉的人——我是唯一一个没有任何推荐信,拼尽全力才勉强达到录取线的成员。其他成员都非常优秀,带着很多推荐信来到这里,尤其是塔罗斯,他简直算是鹤立鸡群。他思维与身体都很敏捷,受教育程度也比别人高得多。据资料显示,从小到大,聪明绝顶的塔罗斯一直都是佼佼者。

果然,课程一开始,塔罗斯就遥遥领先,每项训练他都可以轻松取得最高的成绩。他似乎生来如此,优秀就是他的天赋,他几乎不需要花费任何额外的力气。相比之下,我就吃力多了,基本上每次我的成绩都是垫底。好在我早就习惯了这样的局面,我自认为自己并不够聪明,一直以来只能用勤奋和坚持来弥补。所以,虽然成绩总是勉强及格,但我并没有泄气,依然可以保持一种积极、良好的状态。

如此,5个月的时间一闪而过,我们进入了训练的最后一个阶段。这一个月训练的艰难程度超过了之前所有,我的意思是超出了前5个月的总和。每一天我们都要进行高强度的训练,它令人筋疲力尽。更糟糕的是,我们常常饿着肚子,也不能洗澡,每天只能睡四五个小时,甚至更少。

很多人变得疲惫不堪,尤其是精神上的压力让人不堪重负。这段时期的淘汰率骤然变高,很多平日里成绩还不错的成员都被淘汰了。这时,我注意到了塔罗斯的变化,他的身体和精神似乎都要撑不住了,以前时刻精力充沛的他现在变得萎靡不振,他的成绩开始下滑,就连每天例行晨跑时,他也不再是队首的领头人。

在最后一项测试中,塔罗斯被淘汰了。准确地说,是他主动放弃了——在第一轮的跑步测试中,仅仅跑了一圈,落后的塔罗斯就停了下来。他崩溃地大声嚷嚷,说自己受够了,然后蹲在地上号啕大哭起来。

我不知道塔罗斯是怎样想的,也许一直以来他都凭着过人的天赋顺利地走了过来,他从未遇到过真正困难的事情,更没有遇到过挫折。于是,当事情真的变得艰难的时候,他反而很轻易地就放弃了。

是的,最后一项测试确实很令人痛苦,而且当时我们已经三天没有睡过觉了。但在我看来,这一切并没有想象中那么糟糕。因为这几乎是我人生的常态,我从未期待过什么好事,所以我决定克服一切困难,像以往那样坚持下来。我不知道像我这样会不会获得最后的成功,但我知道,如果像塔罗斯那样放弃,无论走到哪儿都不会成功。

倒数第一的运动达人

作为一名热爱运动的达人,经常有人夸赞埃里克健美的身材。确实,埃里克也很喜欢自己结实紧绷的臀部,匀称流畅的小腿线条,以及迷人的八块腹肌。很多人都以为埃里克是天生的运动达人,但其实,小时候他在体育运动方面简直就是白痴。

来到佩蒂中学读书之前,埃里克一直是班级里跑步最慢的学生。埃里克的身体并没有任何缺陷,他也没有想要偷懒,但不知道为什么,每次集体跑步,他总是落在最后。这令埃里克非常苦恼。当然,最主要的原因并不是体育成绩不及格,而是来自老师和同学们的嘲笑。是的,那个大个子的体育老师总会把埃里克单独留下来,告诉他不许偷懒,否则成绩会影响到他的毕业。只是,埃里克似乎令他很恼怒,他的语气中充满了不屑和嘲讽。遗憾的是,埃里克没有丝毫的长进,体育成绩依然是倒数第一,而且对体育运动越来越反感。

上了初中后,埃里克依然跑不快。不过埃里克发现,在这里并不是只有他一个人如此,班里有好几个同学都和他一样。但是,这非但没有让埃里克产生一丝安慰(毕竟有了同伴),反而让他更加不安起来——

一个人跑得慢，老师很可能会忽视，可一下子出现这么多人，老师恐怕会大发雷霆了。

果然，这天体育课后，体育老师把全班跑步慢的同学都叫到了一起。他们十来个人分列两排，站在操场上。又来了！埃里克撇了撇嘴，准备接受体育老师的说教加嘲笑。没想到，体育老师却让他们挨个在操场上跑一圈。明知道他们跑不快，这不是故意羞辱吗？尽管内心很不情愿，但他们还是照做了。

接下来，体育老师拿出一个小本子，逐个跟他们分析讲解每个人在跑步中的毛病。原来，在他们跑步的过程中，他仔细观察了他们跑步的姿势，发现了一些细小的动作问题，然后记在本子上，开始帮他们纠正。那天天气很热，汗水从他的额头流下，他却依然认真地指导着他们，没有一丝不耐烦。

当然，后来他们并没有突飞猛进的变化，每个人跑得还是不怎么快，但都提高了一秒以上。本以为体育老师会失望、会生气，他却笑着说："有进步就好，这才是体育的目的。"

也就是从那时候起，埃里克开始喜欢上了体育运动，他知道，自己在运动方面没有天赋，可能也无法取得优秀的成绩，但只要能保持进步、享受到运动的快乐就够了。就这样，十几年过去后，埃里克成了如今的运动达人。

10年前的故事书

在安德烈的成人礼上,我含笑地看着他打开礼物盒,露出里面的一把车钥匙,接着他尖叫着蹦起来,兴奋地冲往车库。这一切都在我的想象中,对于一个终于能够合法取得驾照的男孩子来说,没有比一辆汽车更好的礼物了。

临睡前,我问安德烈是否满意我送的礼物?当然,我知道答案绝对是肯定的,我这样问,只是为了从儿子感激的口吻中获得作为父亲的一点虚荣和骄傲。安德烈点了点头,再次对我说了感谢。随后,他又突然小声说:"如果有那本故事书就完美了。""什么故事书?"我疑惑不解地问。安德烈却躲闪着我的目光,不肯回答。再三追问下,安德烈才跟我讲了一件小事,这件事藏在他心里近10年了。

那是安德烈刚上小学的时候,有次测试,他竟然有两门课程不及格!要知道,入学考试时,他的成绩是全优。我想要弄清楚他的成绩下滑的原因,终于在翻遍了他的书包后,找到了一个作文本。这个本子很小,但却很厚,上面写的应该是一个故事,每一页还都配了插图。安德烈告诉我,这本"故事书"是他制作的。我没有仔细看里面的内容,当时我已经怒火中烧了——每天把时间浪费在这些事情上，怪不得考试成绩会那么差。我理所当然地没收了那本故事书，并严厉地告诉他要把心思用在学习上。

后来，期末考试结束后，安德烈拿着一张全A的成绩单，笑着问我要他的那本故事书。而我早就忘记了还有这么一回事，或许把它扔进了垃圾箱，或许随手塞在了什么地方，总之对于那本故事书，我已经毫无印象。听了我漫不经心的回答，安德烈大声哭泣起来。我只是觉得莫名其妙，不就是一个作文本吗？小孩子可真是麻烦。

"当时班里的同学都很喜欢我的故事，每天都会问我有没有更新，他们说那是他们读过的最有趣的故事。那个故事我写了整整一年。"安德烈坐在床头轻轻地说，语气中满是遗憾和不舍。

我从来没有想到，在我看来毫无价值的，甚至没有留下一丝印象的一本小小的故事书，竟然在安德烈心里占据了那么重要的位置！以至于10年过去，他还念念不忘，甚至可能会成为一辈子的遗憾。如果早一点知道这些，当时我可能会把那本故事书珍藏起来，为安德烈保留一份美好的回忆。可惜，一切都不可能重来了。

英雄敦巴顿

敦巴顿是一只小狗的名字。它不是什么名贵的品种,也没有高贵的血统,但我很喜欢它,它是我最好的朋友和伙伴。去年的那件事发生后,我对它更加喜爱,它一度成了我的骄傲。是的,我发自内心地以它为荣。

那次,我带敦巴顿出去郊游。傍晚,我坐在搭好的帐篷前,为敦巴顿和自己准备晚餐。突然,我听到敦巴顿狂叫起来,当我跑过去时,眼前的情景让我目瞪口呆。河边的草地上趴着一只湾鳄,它足足有2米多长,看起来非常凶猛。敦巴顿却毫不畏惧,面对着它狂吠,还不断地跳来跳去,试图用自己的爪子和牙齿去攻击它。很显然,这只湾鳄被敦巴顿的气势震慑到了,它迅速调转身子,飞快地回到了水中。

天哪!简直太棒了!我忍不住尖叫起来。我实在不敢相信,面对湾鳄这样凶残的庞然大物,敦巴顿能有如此的勇气和胆量。敦巴顿似乎听懂了我的夸赞,得意地对着我叫。巧合的是,我提前架好的摄像机刚好拍下了这一幕。

随后,我把这则视频上传到了网站上,引起了很多网友的惊叹,还有一些媒体专门赶来采访。一时间，敦巴顿成了家喻户晓的英雄，被诸多媒体誉为"鳄鱼克星"。作为奖励，之后的好几个月，我都给敦巴顿吃它最爱吃的小鱼干。

几个月后，我再一次带着敦巴顿外出郊游。我做梦都没有想到，敦巴顿又遇到了一条在岸边晒太阳的湾鳄。不出所料，敦巴顿又一次扑了上去，而且因为之前的经历，敦巴顿这次表现得更加迫切、坚定，没有丝毫的犹豫，以至于跟在身后的我都来不及阻拦。然而不幸的是，这条湾鳄并没有被敦巴顿吓到，甚至没有把敦巴顿放在眼里，它以迅雷不及掩耳之势一口将敦巴顿咬住，并拖入水中。等我反应过来，打算上前营救时，敦巴顿已经被湾鳄吃进了肚子里。

一直过了很久，我都沉浸在失去敦巴顿的痛苦之中。我十分痛恨吃掉敦巴顿的那只湾鳄，但有时，我又突然觉得，自己也是害死敦巴顿的帮凶。

口袋里的小惊喜

阿齐兹在威尔斯小学读书时,他的爸爸破产了,变得一无所有,他们全家从一所大房子里搬出来,挤在一间小小的公寓,还要偿还一大笔债务。

那时候,他们兄妹几个都很小,不知道爸爸的破产意味着什么,只知道餐桌上不会再有美味的鱼子酱和烤鸡,他们也无法再拥有好玩的乐高玩具了。尽管爸爸告诉他们,不用担心,他会努力让他们过上原来的生活,但阿齐兹隐隐地感到,这很难。因为一连好几个月过去,妈妈都会悄悄地对着账单掉眼泪。

那天,妈妈做家务时,在洗衣机里发现了5美元。"天哪!这里居然有五美元,这足够孩子们好几天的午餐费了。"妈妈大声叫着,把钱举到孩子们面前,开心地像捡到了一笔巨款。接下来,妈妈仔细地分配了钱,除了给他们午餐费,还留下了一部分说要晚上给他们做可丽饼。

后来每隔几天,妈妈就会意外地发现一些零钱。有时是在一件外套的口袋里,有时是在车里,还有时会在她空钱包的夹层里……每次发现这些"被遗忘的"现金,妈妈总是特别开心,她笑着说:"噢!天哪,

185

我完全不记得以前在这里放过钱……太棒了，我们的运气真好，也许日子真的会好起来呢！"

虽然日子还是很拮据，但妈妈脸上的表情越来越轻松，她不再愁眉苦脸、唉声叹气，有时还会唱歌给孩子们听。当然，幸运的是，最终他们还清了所有的债务，也终于摆脱了困境。

阿齐兹一家人围坐在餐桌前，重新吃上了美味的鱼子酱和烤鸡，"我觉得那些钱不是以前遗忘的……"妈妈突然说，接下来她又笑了，"可能是上天派来的天使悄悄赐予我们的。"他们也跟着开心地笑起来。阿齐兹不会告诉妈妈，为了看到她今天的笑脸，他愿意永远做她的小天使，哪怕整整两年不吃午餐，然后把钱放在口袋里，制造一次次小惊喜。

强大不是拒绝求助

在后院里玩耍的两个孩子进行了一场比赛:各自建造一座宠物小房子,完成得最快最好的人获胜。

比赛开始后,两个孩子都认真地忙碌起来。他们从院子的各个角落收集来木柴、砖块、石头等需要的材料,然后根据自己的构思,一点点搭造起来。不过,在搭造的过程中,他们都遇到了一些麻烦。石头太重,搬不动;砖块或大或小,总是搭不整齐;塑料顶棚举不到那么高的位置……

面对这些困难,两个孩子采取了不同的做法。一个孩子默默地想出了各种办法,即使行不通也依然坚强地不断尝试着。另一个孩子在尝试了很多办法无果后,转而开始向别人求助,他让大孩子帮他搬来石头,请求邻居叔叔用切割机把砖块切割整齐,最后请来伙伴中的"大力士"和他一起举起顶棚。因为在此之前他热心地给别人提供过帮助,所以大家都爽快地答应了他的请求。

很快,这个孩子搭建成了一座漂亮的宠物小房子,而另外一个孩子还在做着各种努力,虽然也有了一些成效,但离搭建成功还差很多。

"他作弊！我们说好了依靠自己的能力，可是他请了别人来帮忙。"另外一个孩子不服气地说。

这时，担任评委的大人笑了笑说："孩子，这不算作弊。自身的能力不光包括自己的聪明和力气，请来别人心甘情愿的帮忙也是一种能力呀！真正的强大从来不是自我封闭、拒绝求助，而是善于寻求一切可寻求的帮助，利用一切可利用的资源，完成自己的任务。反过来说，你的拒绝求助是不是也意味着不肯为别人提供帮助呢？"

故事里那个成功的小男孩就是后来的美国钢铁大王卡耐基。正如卡耐基所说："专业知识在一个人成功中的作用只占15%，而其余的85%则取决于人际关系。无论你从事什么职业，学会处理人际关系，能够掌握并拥有丰富的人脉资源，你就在成功路上走了85%的路程，在个人幸福的路上走了99%的路程了。"是的，人和人都是相互成就的，我们可以在困难面前百折不挠，但同时也不要拒绝伸出手来求助，这是一种人际关系的交换和成全。

他是不是很无礼

拿破仑·希尔是世界上伟大的励志成功大师之一，他创建的成功哲学鼓舞了千百万人，被人们称为"百万富翁的创造者"。小时候，希尔是个精力旺盛，又喜欢时常搞些小恶作剧的男孩子，所幸继母很欣赏希尔的活力，母子两人相处得很好。

一天希尔从外面玩耍回来后，问继母："巴顿来找过我吗？"继母摇头说没有。此后一连好几天，希尔都会问同样的问题，不过让他失望的是，每次的答案都是否定的。希尔终于忍不住抱怨起来，指责巴顿太过分。希尔告诉母亲，他有事情找巴顿，可每次巴顿都没在家。希尔便请巴顿的家人转告他，自己来找他的事情。"我不信巴顿一连几天都没回家，他一定知道我去找他了，却故意不给我回应。他是不是很无礼？"希尔生气地说。继母点点头，没有回答他的问题，只是问："我想知道，你找他有什么事情呢？"

希尔说，巴顿是个钓鱼的高手，他很想跟巴顿学钓鱼，可巴顿听了他的要求后却拒绝了。希尔不甘心，便一次次地请求巴顿，遗憾的是，巴顿一直不肯松口，到目前为止大概已经跟他说了十来次"不可以"。

"噢，亲爱的，如此说来，这确实很无礼。"继母耸着肩膀说。希尔跟着说："是的，巴顿简直太无礼了！"继母连连摆手道："不，不，孩子……我并不是说巴顿无礼。我的意思是，你有点无礼。"希尔瞪大眼睛，不解地说："我一连找了他那么多天，他一点回应都没有……""可是，你在人家明确拒绝那么多次后，还去打扰人家，怎么不觉得自己失礼呢？"继母反问道。希尔一下子愣住了，他突然回想起巴顿每次看到自己时，眼神里的焦躁和反感——也许，自己的行为已经给巴顿造成了困扰，所以他才选择故意不理不睬，想让自己自动放弃。如此说来，无礼的不是巴顿，而是自己呀！

"我很感谢母亲当年对我的教育，她让我明白了人际交往中的许多分寸和原则。所以在后来采访一系列的成功人士时，我才能做到得体、有礼，与他们的交往游刃有余，并让自己获得了成功。"拿破仑·希尔出版了备受人们推崇的《成功规律》一书后，感慨地说。

一般来说，面对别人的热情而故意不予回应，确实是一种无礼的行为。但如果对方在之前已经跟你说了10遍"别来找我"呢？在这种情况下，对方选择不理睬不仅没有问题，跟你再次联系反而更是一种失策。而真正关键的是，你应该反思一下，自己是否应该停止无礼地骚扰？

第 5 辑

没有破天气，只有破衣服

挪威人有句老话：
"没有破天气，只有破衣服。"
当我们在抱怨天气不好时，
不如反思一下，是不是自己衣服的问题。
如果做足了准备，
遇到任何情况都不会手忙脚乱，反而可以轻松应对。

30年前的一件小事

佩克一直忘不了30年前的一件小事。原本,他确实觉得它微不足道,但后来,事情却完全超出了他的预料,并且不为他所控。

佩克读7年级那年,每天自己走路去上学。由于经常晚起,再加上路上贪玩,结果经常迟到。那天,琼斯老师严肃地对佩克说:"佩克,你已经连续迟到了一周,如果你明天再迟到的话,班里所有的杂活劳动全部由你一个人干。"

不幸的是,第2天,佩克真的又迟到了。他可不愿意一个人干那么多活,摆椅子、擦黑板、收拾桌子……于是,当琼斯老师问佩克为什么迟到时,他突然想起几个星期前,学校里开过一个大会,提醒学生们注意安全之类的。佩克灵机一动,脱口而出:"我走到学校操场的时候,有个陌生男人开着车停到我身边,问我想不想跟他一起去看小狗。因为说了几句话,就耽误了时间。"

说实话,佩克觉得这个理由完美极了!学生撒个小谎逃避惩罚,本来就是一件小事情嘛!可是,当佩克看到琼斯老师惊慌失措的表情时,突然觉得事情可能不会那么简单了。果然,接下来琼斯老师立刻把这件事告诉了校长。然后，整个学校立即就停课了。接着，警察被叫了过来，同时，佩克的爸妈也被叫了过来。佩克一整天都在被询问那个陌生人长什么样子、车是什么样子等细节。

好几次，看到他们一个个认真的样子，佩克都差点想要说出真相。可后来，因为缺乏面对现实的勇气，佩克还是忍住了。第2天，学校就在操场附近装了几个监控摄像头，而且每个月学校都要开大会，对学生们反复重申安全问题。直到佩克毕业那年，学校还在追查佩克口中的那个"陌生男人"。

30年来，佩克的内心一直很不安、很愧疚，他没想到自己随口的一个谎言竟然得到这样的重视。佩克总是告诫自己，一定不要随便撒谎，如果不幸撒了谎，要有勇气承担它所带来的后果，而不是一味逃避、任其发展。不过，唯一值得庆幸的是，佩克当时所在的韦纳科学校此后从未发生过学生安全问题。

这是对你的惩罚

简在内布拉斯加州的佩蒂中学读书时,特别痴迷体育运动,尤其是田径项目,跳高、跳远、短跑、长跑,都是他最爱的运动。9年级时,简代表佩蒂中学去相邻的艾奥瓦州参加田径比赛。原本父母打算开车送我去,但对他来说,这趟旅行是一个放松的机会,他更愿意独自享受难得的惬意时光,就拒绝了父母的提议,选择了乘火车前往。

简提前在网上订了车票,比赛前一晚赶到火车站去坐车。像以往很多次那样,火车又晚点了,而且整整晚了一个多小时,乘客们都等得很不耐烦,再加上又累又困,情绪开始激动,甚至有人低声咒骂起来。所以,当火车进站时,乘客们都互相拥挤着一拥而上,想要早一点到自己的位置上休息。

"哎呀!"简前面的一名男子大声叫着转过身来冲他嚷嚷,"挤什么挤?脚都要被你踩断了。"简连忙道歉,并向他解释,并不是自己故意挤他,而是后面的乘客在推搡着他。但是这名男子却不肯听,依旧喋喋不休地指责简。简无奈,只好低头快步走开。心里却生出了一丝报复的快感,因为刚才男子在叫嚷的时候,简无意中看到了他手里挥舞的车票，上面标注的终点站不是艾奥瓦州，而是莫里斯小镇，一个与艾奥瓦州方向完全相反的小镇。是的，他坐错车了。本来简打算好心提醒他，但看到他如此无礼，简就改变了主意，并在心里暗自得意：这是对你的惩罚。

火车并没有满座，车厢里还有很多空位置，简就随便找了个位置坐了下来。其实这个位置和那名男子只隔了几个座位，简想亲眼看到他知道自己坐错车时的尴尬和懊恼。火车开出去半个多小时了，那名男子还在吃着零食，一脸的悠闲和安然，丝毫没有意识到自己坐错车的事实。

简突然迫不及待地想要看到他慌张的样子，于是起身走到他身边，装作若无其事的样子说："你坐错车了，现在火车开往的方向与你要去的地方完全相反。"男子一下子跳起来，紧张地掏出车票查看。简忍住笑，静静地看着他的反应。这时，男子又向身边的乘客询问："请问现在火车开往哪里？""莫里斯小镇呀！"身边的乘客回答。

"什么？莫里斯小镇？"简不可思议地叫道。男子和周围的乘客都莫名其妙地看着简，不知道听到这个小镇的名字为什么要激动。简强作镇定地对男子摆摆手说："没事。"然后回到座位上，心里默默告诉自己：这是对你的惩罚。

我想要一颗新的心脏

和丈夫离婚后,埃弗雷特独自带着5岁的儿子搬到新泽西州的纽瓦克居住。一切都要重新开始,却远不如她想象的那么容易。很长一段时间,埃弗雷特都无法适应这里的天气、生活习惯,以及新工作里遇到的麻烦。

那段时间,埃弗雷特隔绝了一切社交活动,每天一下班就回家,却什么也不想做,只是窝在沙发里喝酒、发呆,然后对着电视自言自语,乱七八糟地发泄着心里的苦闷和失意。埃弗雷特有时会非常羡慕儿子,他那么小,什么都不懂。是的,他不会感受到痛苦。每次埃弗雷特做这些的时候,儿子只是坐在角落里一声不响地玩他的玩具。偶尔,与埃弗雷特的眼神对视时,他还会冲埃弗雷特咧嘴一笑,那笑容很甜、很纯净。

儿子6岁生日时,埃弗雷特买了一个蛋糕回来,并且做了他最喜欢吃的罐头汤、鸡肉卷和比萨,想简单地庆祝一下。在这里,埃弗雷特和儿子都没有朋友,所以生日晚宴上就只有他们两个人。到了许愿的环节时,儿子闭上眼睛,双手放在胸前,认真地喃喃自语一番之后,才鼓起腮帮子一口气吹灭了蜡烛。

晚饭过后,埃弗雷特终于忍不住好奇地问儿子,许了一个什么愿望?他歪起头,想了一会儿,对埃弗雷特说:"你要帮我保密哦,不然就无法实现了。"看她点头,他一脸神秘,又小心翼翼地说:"我想要一颗新的心脏。"

天哪!这个愿望可太奇特了,埃弗雷特还是第一次听见这样的生日愿望。"可是,为什么呢?为什么想要一颗新的心脏呢?"埃弗雷特问儿子。儿子亮晶晶的眼神突然黯淡下来,他垂下头低声说:"这一颗好痛!我想要一颗新的,不痛的。"

听了儿子的话,埃弗雷特的眼泪一下子流了出来,这是她搬到这里来第一次畅快地流泪,也是最后一次。埃弗雷特以为儿子太小,还不懂得什么是心痛,可是他早就懂得了小心地把心痛掩藏起来。埃弗雷特知道,心痛时发泄出来会好受一点,可是她不知道,竭尽全力不哭出来的感觉有多艰难,但儿子做到了。埃弗雷特突然觉得自己很自私,而且懦弱,也许还不如一个6岁的孩子。

"你想要一颗新的心脏吗?"如今,埃弗雷特笑着问16岁的儿子。儿子一边和继父在草地上玩棒球,一边大声回答:"不需要,我的心脏很健康,很快乐!"

幸运的失误

　　琼斯太太不喜欢比达琳,这令比达琳非常苦恼,她不知道原因是什么。其实原本比达琳可以不用在意的,之前比达琳没有和她住在一起,只是在圣诞节的时候,才会和丈夫威廉一起回到她所在的位于佛罗里达州的家里。但现在不同了,琼斯太太搬来比达琳和威廉的住处,说要住一段时间。当威廉询问比达琳的意见的时候,她同意了。毕竟琼斯太太是威廉的母亲。

　　但很快比达琳就意识到,自己的决定多么愚蠢!琼斯太太似乎对比达琳很不满意,她挑剔比达琳做的饭菜,抱怨她把家里搞得乱糟糟,指责她说话声音太大……尤其是当威廉帮比达琳吹头发的时候,她几乎能看到从琼斯太太眼睛里喷发出来的怒火。可比达琳确定,自己并没有做什么错事,在琼斯太太没来之前,一切就都是这样,而且比达琳和威廉都感觉这样很舒服。所以,比达琳对她的态度也只能表示无可奈何,只是偶尔会因此心烦。

　　那天晚上,威廉因为加班深夜未归,比达琳拿起手机给他发了一条信息:爱你,没有为什么。想着威廉看到这条信息时微笑的样子,比达琳也忍不住笑起来。这时，对方回了信息过来：女儿，我也爱你。

比达琳愣了一下，虽然很多夫妻之间都会有一些亲昵的称呼，但威廉从来没有这样叫过她。比达琳又仔细看了下，才发现了自己的失误：她把信息误发给了琼斯太太，而不是威廉。比达琳当即红了脸，同时感到一丝难堪，不知道琼斯太太会如何看待她的刻意"讨好"……

第二天早上，当比达琳起床时，发现琼斯太太早已为他们做好了早餐，一杯香浓的热咖啡和金黄诱人的薄煎饼。"早安，亲爱的。"琼斯太太笑着跟比达琳打招呼，脸上的神情竟和看向威廉时一模一样。比达琳对她说了谢谢，坐下来享受了美好的早餐。

接下来的一段时间，比达琳和琼斯太太相处得非常愉快，她们一起逛街、一起做饭、一起嘲笑威廉的糗事。琼斯太太要离开时，比达琳发现自己还有点舍不得呢！后来，她们一直保持着联系，而每次聊天结束时，都会互相说一句"爱你"。

对于她们之间的变化，威廉感觉很吃惊，他问比达琳是怎么做到的？比达琳只是笑了笑，她才不会告诉他，这一切都是因为一个幸运的失误。

让一个人造宫殿

雷夫·罗伦是美国服装业巨子,他所创立的Polo服饰王国,创下了快速致富的典范。上中学时,罗伦就对服装产生了兴趣,立志日后向服装界进军。毕业后,罗伦凭借高超的鉴赏能力,进入一家领带制造公司工作。

有一次,公司接到了一单大生意,并把它交给了罗伦来负责。罗伦非常高兴能得到这次展示才华的机会,经过一番思考和策划之后,罗伦觉得自己已经知道如何实施这个大项目了。为了加快进程,他把这些工作分配给了各个部门,让他们各自完成自己的任务。然而,一周过去,这个项目却没有丝毫的进展。而罗伦则每天忙于应付各个部门的抱怨:材料部抱怨材料不齐全或者不符合要求,采购部抱怨财务预算紧张,财务部门抱怨管理成本太高……

下班后,苦恼不已的罗伦坐在办公室里发呆,一向对他很赏识的总裁走进来,拍了拍他的肩膀,微笑着问:"你听过一个人造宫殿的道理吗?"看罗伦摇摇头,总裁接着说:"造宫殿的确需要很多人合作才能完成,但如果大家各行其是,肯定无法造成宫殿。相反,如果有个统领把各项步骤和规划都了然于胸，然后把众人的力量凝聚起来，犹如一个人在工作一样，这样造宫殿就轻而易举了。"

思索片刻后，罗伦顿时恍然。随后他对项目重新做了规划和布局，从各部门抽调出负责人，让大家在一起工作。这样，每个部门都能清晰明了地得到他的指令，而且大家相互之间有任何问题都可以及时找到相关的工作人员沟通。很快，他们就在规定的时间内出色地完成了这项工作。

人多力量大没错，但如果是一盘散沙也起不到任何作用。只有遵循"让一个人造宫殿"的原则，在统一的规划下，让所有成员共同合作努力，实现"一个人造宫殿"的模式，才能更高效地完成目标。

没有破天气,只有破衣服

亨利克·易卜生是挪威著名的戏剧家。青年时期,易卜生结交了文艺界的一些有进步思想的朋友,大家在一起谈天说地、交流思想,还时常参加社会主义者领导的工人运动。

有一次,易卜生和朋友组织了一次聚会,因为聚会结束后时间会比较晚,他们还替大家准备了晚餐。原本他们预计会有十几个人参加,但当天却来了几十个人,所以准备的晚餐远远不够,最后只能让很多朋友饿着肚子回去。虽然大家并没有怪罪,却让易卜生感觉非常愧疚和遗憾,觉得没有招待好大家,朋友则连连摆手,抱怨道:"都怪有些人没有提前打招呼,要不然也不会出现这种意外。"易卜生轻轻摇了摇头,没有说话。

回去的路上,突然下起了雪,本来天气就冷,一下雪更是冻得人瑟瑟发抖。易卜生一边往手心里哈气,一边跺着脚说:"好冷啊!"朋友点头附和,确实太冷了。接下来,易卜生不停地抱怨冷并咒骂着天气,朋友奇怪地盯着易卜生说:"虽然天气是不好,但最主要的原因还是因为你穿得太少了,如果你像我一样穿一件厚厚的羽绒服,不就没那么冷了吗？我们无法改变天气，但可以提前做好御寒的准备呀！"

"是的，确实是这样。"听了朋友的话，易卜生笑了起来，"可你刚才为什么要抱怨别人没有打招呼呢？参加的人数我们无法准确预计，但可以提前做好多种准备呀！出现今天的情况，其实最根本的原因是我们的准备不足。"朋友略一思索，不好意思地笑了起来。此后的每次活动，因为他们准备充分，再没有出现过意外状况。

挪威人有句老话："没有破天气，只有破衣服。"当我们在抱怨天气不好时，不如反思一下，是不是自己衣服的问题。如果做足了准备，遇到任何情况都不会手忙脚乱，反而可以轻松应对。

搞砸的婚礼

2008年,亨特在芝加哥的一家公司做商业分析师。早在一个月前,亨特就预定了本周的假期。老板爽快地批准了,因为亨特的理由很充分——周六他要结婚。

说到这里,不得不提起亨特的未婚妻艾丽萨,她真的是一个很好的女孩。一年前,她答应了亨特的求婚,可他们一直迟迟没有举办婚礼。千万别误会,他们之间没有任何矛盾,而且非常相爱。只是因为工作太忙,耽误了婚期。艾丽萨从来没有抱怨,但亨特不忍心让她再等下去,亨特觉得现在一切刚刚好,是时候举办婚礼了。

假期的第一天傍晚,亨特接到了一位同事的电话,他请亨特帮忙翻译几页PPT。他说,这项工作对他非常重要,他必须尽快完成,否则很可能被炒鱿鱼。亨特犹豫不决,毕竟单身前的最后一周亨特打算好好度过,亨特还和朋友们约定了单身聚会。亨特承认,他可怜的口吻让亨特动了恻隐之心:也许只有自己能帮这个忙,也许自己不帮忙他真的会毫无办法呢!后来的事情你应该猜到了,是的,亨特答应了下来。

同事把文件传了过来,足足12页。亨特得先把它弄懂,然后翻译,再调整翻译后的格式……这花费了亨特整个通宵。然而这还没有结束，第二天晚上，他说有一部分需要修改，于是亨特又加了一晚上班。接连熬了两个通宵，亨特不得不用接下来的时间来补觉，即便如此，亨特还是感觉萎靡不振，在朋友们为亨特举办的单身聚会上都打不起精神来。更糟糕的是，这种状态严重影响了亨特在婚礼上的表现，以至于在互换戒指的时候，亨特才发现自己竟然把结婚戒指落在了家里。最后，不得不临时找了个戒指完成了仪式。看得出来，一向温柔大度的艾丽萨这次也生气了……

　　后来有一次，亨特无意中和那个同事谈起了那件事，提到了当时的窘况。"噢，天哪！"他摊开双手，做出一脸不可思议的表情说，"你怎么不早说呢？我可以请另外一个同事帮忙的。"

成熟的人

罗伯带着儿子耶尔夫去餐厅用餐。这是父亲第一次带他来这里,耶尔夫好奇地四处打量,柔软厚重的地毯,整齐考究的餐具,训练有素的侍者以及悠扬的小提琴演奏,都让他感觉新鲜和有趣。

"嗨,小伙子,不要东张西望,成熟的人不会表现得像个没见过世面的乡巴佬。"罗伯小声提醒道。他背着双手,沉稳地踱着步,真像一位成熟的绅士呢!

耶尔夫红着脸吐了下舌头,学着父亲的样子来到了餐桌前。

"要从椅子的左侧入座,身体要端正,手肘不要放在桌面上。坐下后,记得要面带微笑地对替你服务的侍者说一句谢谢。"罗伯一边说一边为儿子做示范。

耶尔夫准备品尝一下松软诱人的面包。"哦,不!面包要吃一口掰一口,一定不要拿起整块面包去咬。"罗伯压低声音叫道,然后继续循循善诱,"你可以蘸调味汁吃,最好吃到连调味汁都不剩,这是对厨师的礼貌。"

罗伯微微把手臂抬高,眼神看向侍者,年轻的侍者马上走过来,为他倒饮料。也许是鞋子不合脚,也许是绊到了什么东西,可怜的侍者身子一歪,差点摔倒,同时把饮料洒在了罗伯笔挺的西服上。

"噢,对不起,对不起……"侍者忙掏出手帕慌乱地替罗伯擦拭衣服。

罗伯摆摆手,笑着说:"没关系。"然后接过侍者的手帕,起身自己清理衣服上的污渍。回来后,罗伯不忘教导儿子:"不成熟的人可能会大喊大叫,成熟的人则会笑着安慰对方,并且协助对方解决麻烦。"

用餐结束离开餐厅时,耶尔夫突然说:"我们好像还没买单呢!"罗伯眨了眨眼睛,得意地说:"不用了,我向餐厅经理争取到了免单,作为弄脏我的衣服的赔偿。"

大慈善家的糟糕礼物

美国著名的金融投资家乔治·索罗斯退休后,不再管理投资,开始全力推动慈善事业。其实早在20世纪70年代,索罗斯就逐渐成为一位活跃的慈善家,他在20多个国家设立了35种基金,捐赠了80多亿美元资金来改善教育和消灭全球范围内的贫穷现象。对于做慈善,索罗斯非常有底气和信心。

有一次,索罗斯来到波黑,推动其旗下的援助波黑基金会的一些项目。在当地的一所小学里,索罗斯给孩子们带去了大量的文具和书本,还兴致勃勃地与孩子们一起做游戏。无意中得知一个小男孩明天过生日时,索罗斯笑着说:"明天我会送你一个非常棒的礼物。"小男孩开心地跳了起来。

第二天,索罗斯如约来到这所学校,要当众送上给小男孩的生日礼物。"你先猜一下是什么礼物?"索罗斯笑着说。小男孩歪着头,兴奋地猜:"篮球?"昨天和索罗斯聊天时,小男孩曾告诉过他,自己最喜欢的运动就是打篮球,也非常想要拥有一个篮球。见索罗斯摇了摇头,小男孩继续猜:"变形金刚?"他记得自己也说过喜欢变形金刚。可是，小男孩一连猜了好几个，索罗斯都一一摇头否定了。

"我以你的名义向慈善基金会捐款一万美元，以后你也是小小慈善家了！"索罗斯大声地揭开了谜底，然后笑着望向小男孩。然而，小男孩却并没有如他想象的那样开心，眼神中的期待反而一点点淡下去，讷讷地说了声谢谢。最后，小男孩又小声地自语道："我只是想收到一份属于自己的礼物呀！"

"那一刻，我突然意识到，自己送出的礼物糟糕透了。虽然在我看来，那份礼物极具意义，充满了社会责任感。但那只是从我的喜好出发，而小男孩想要的，只是一件他期待的玩具呀！"事后，索罗斯反思道。而在之后的慈善事业中，索罗斯不止一次提醒众人，做慈善也要像送礼一样，不仅要从自己的角度出发，也要考虑受助者的需要，这样才不会送出"糟糕的礼物"。

富有的农夫

农夫的果园里种出了一颗硕大的露兜果,它的体积足足是其他果子的三四倍。小镇上的居民从来没有见过这么大的露兜果,即使在这里生活了近百年的老人们也表示这是闻所未闻的事情。大家都在讨论这颗奇异的露兜果,据说,种出这种露兜果的人会变得非常富有。住在邻镇上的坦桑纳也被这件奇特又神秘的事情吸引住了,他兴致勃勃地赶来拜访农夫,想要看看那颗能让人变得富有的露兜果。

听了坦桑纳的请求,农夫爽快地答应了。出门走了没多久,农夫停下脚步,弯着腰把靠近小路一侧的被风刮歪的一排向日葵扶正。他摊开双手,笑着对坦桑纳说:"枝干歪了,我们就只能吃干瘪的向日葵了。"

刚走几步,农夫又停下来,细心地把遮盖葡萄园的大网系好。"这样贪吃的小鸟就无法偷吃美味的葡萄了。"农夫眨着眼睛解释道。

一路上,农夫一直在不停地忙碌着。他关掉了苹果园里未关紧的水阀,救出了被篱笆夹住脚的鸭子,还顺便拔掉了路过的一小块地里的野草。

坦桑纳既羡慕又吃惊地说:"没想到你这么富有,这些果园都是你的吗?"

"不是呀。"农夫一脸迷茫地回答,"我的果园还没到呢!"

坦桑纳疑惑地问:"那你为什么那样做?"

"因为那是大家的呀!"农夫回答。

"我想你没听懂我的意思。"坦桑纳耸了耸肩膀,继续说,"我是说,既然果园不是你的,你为什么还要做那些事情?"

农夫大笑着说:"正是因为不是我的,我才更要做呀。如果是我的话,损失只是我一个人的。可那是大家的,如果出了意外,大家都会遭受损失。那多可怕呀!"

回去后,坦桑纳告诉所有人,他看到了那颗奇异的露兜果,而且无比肯定地说:"农夫一定会变得非常富有。哦,不,他已经非常富有了。"

我犯的3个错误

在我度过的几十年人生中，我犯了3个错误。

我听了父母的话。噢，别误会，我并不是说父母的话不该听。相反，父母拥有丰富的人生经验，很多时候，他们能给予我们正确的指导。但这不代表他们所说的每一句话都是对的，他们的决定也并不总是能将你引到正确的道路上。

"你是一个女孩子。"他们总是这么对我说。接着他们就会说："你不应该这样做……你不应该那样做……这太不淑女了……"我真的很不明白到底是谁规定了女孩子应该做什么，不应该做什么。难道只因为你是一个女孩子，就必须遵从这么多看起来毫无道理的要求吗？我曾经祈求上帝，在我过下一个生日之前，把我变成一个男孩子。但事实上，不管怎样，在上大学时，我又一次听了他们的话，放弃了自己的想法，学了根本不喜欢的工程学。后来我才意识到，这是我做过的最离谱的一个决定。

我犯的第2个错误就是盲目地跟着别人的脚步走。也许我们都曾有过这样的经历，你身边的人都沉迷于一些事情之中，比如恋爱和打游戏。

可能你对这些并不感兴趣，甚至觉得可笑，可你还是试着跟从他们的脚步。你努力地效仿，想要融入进去，但每次都失败了。而且，你浪费了很多原本可以安安静静地做自己喜欢的事情的时间。

我不知道最后一个算不算错误，我是说，我不太确定，当别人在背后说我坏话时，我是该保持沉默还是有所反应。他们叫我傻瓜，我沉默了；他们说我是瘾君子，我沉默了；他们说我性格孤僻，是个精神病人，我依旧保持沉默。这让我省下了很多解释的时间，但也因此，人们相信了关于我的谣言。这件事令我很有心理阴影。

无论如何，这些错误都无可避免地发生了。但庆幸的是，在意识到这一点之后，我及时做了弥补。我按照父母的愿望学习了工程学，但后来我也做了自己喜欢做的事。当我决定不再跟着别人的脚步走后，我学习了自己喜欢的新闻学，并拿到了新闻学学位，还成了摄影师，背着相机四处去拍喜欢的照片。

不过直到现在，我依旧没有去向人们解释关于我的谣言，我发现自己并不在意这些。当然，如果你在意的话，甚至无法承受谣言带来的压力的话，你可以去解释，但最关键的其实在于自己的心态。

这是目前为止，我犯的3个错误。当然，也许以后还会再犯其他错误。不过我想说的是，这并不可怕。当你认识到这一点，并开始去修正的时候，错误其实已经变成了一种财富。

规则保护的是什么

在这座几乎与世隔绝的小镇上,人们遵守着古老的法则生活,千百年来过得安宁、稳定,从来没有出过什么意外,一切都有条不紊。

但自从彼得来了之后,小镇开始变得不再平静。人们不知道他来自哪里,只知道他在这里住下之后,便不再打算离开。确实,彼得在这里过得简直太舒服了!他可以随意吃商店里出售的食物,穿服装店刚做好的衣服,睡在干净舒适的旅馆里……而这一切都是免费的,他不会支付一分钱。因为在小镇上有这样一条规则:毫无理由地保护未成年人。彼得才12岁,属于未成年人。所以,尽管人们对彼得有很多不满,尽管彼得做了很多令人生气的事情,人们却拿他毫无办法。毕竟在这座小镇上,古老的规则不可违背。人们不敢违背这条规则,甚至连违背的念头都不曾有过。

直到有一天,彼得故意把一个孩子推下山坡,害得他摔断了腿,甚至差点造成残疾。人们愤怒不已,却不知道该不该惩罚彼得,毕竟有古老的规则在保护他。这时,小镇上的神父站出来,表示要按规则来处罚彼得。

彼得得意地说:"你忘记那条古老的规则了吗?难道你想违背小镇上自古以来的规则?"

"当然不是。我正在认真地践行这条规则,所以我要处罚你。"神父严肃地说。

彼得非常吃惊和意外,不解地说:"可是规则明明说要保护我的。"

"不,"神父连连摆手说,"规则保护的不是你,而是未成年人。而且,保护未成年人的含义是尽其所能地保护他们不受伤害,而不是保护犯了严重错误的未成年人不受惩罚。我们有义务保护你不受到任何伤害,但当你伤害了别人,我们也会按规则惩罚你。"

神父的一番话让众人拍手叫好,彼得也受到了应有的惩罚。此后,小镇上的人们生活得更加安定、幸福。

鸡丢了,一定要跟黄鼠狼计较

美国著名的政治家、数学家詹姆斯·加菲尔德出生于俄亥俄州的一个小农场。因为父亲早逝,留下的田地又不多,加菲尔德在很小的时候就和哥哥一起帮着母亲种田,做各种杂活,以维持生活。

有一次,加菲尔德去农场里喂鸡时,发现少了一只鸡。哥哥查看半天后,在鸡窝后面的泥地上发现了一根鸡毛和一串爪印。"这是黄鼠狼的爪印,肯定是黄鼠狼把鸡偷走了!"哥哥很快做出了判断。加菲尔德很伤心,养鸡是母亲交给他的任务,丢了一只鸡他们的收入也会少一些。哥哥拍了拍他的肩膀安慰道:"算了吧,鸡丢了就丢了,你再难过也没用。"

加菲尔德却似乎没有听进哥哥的话,整整一下午,他都心不在焉,好像在思考什么东西。而且之后好几天,他都在鸡窝那里走来走去,有时甚至半夜醒来,也要去鸡窝四周转一圈。哥哥不解地问:"难道你打算跟黄鼠狼计较吗?""是的,我就是要跟黄鼠狼计较。"加菲尔德认真地回答。加菲尔德的话让哥哥哭笑不得,他摇着头说:"可是,你再计较,丢失的鸡也不会回来了呀!"加菲尔德却说:"对,丢的那只鸡找不回来了，但我要想办法阻止黄鼠狼再来破坏，防止鸡再次被偷走呀！"

原来，通过几天认真地观察，加菲尔德发现黄鼠狼是从紧挨着鸡窝的一棵空心树里钻进去的，后来他想办法堵上了那个洞，黄鼠狼便无计可施，鸡此后也再没有丢过。哥哥这才恍然大悟，直夸加菲尔德聪明、有头脑。

其实，在生活里，我们也时常听到类似的话："鸡丢了，不要和黄鼠狼计较了。"这其实是一种自我麻痹的安慰，因为可能存在的隐患和问题并没有解决。只有继续和黄鼠狼计较，并且计较到底，才能真正地解决问题，避免损失或者错误再次发生。

咖啡壶还能干什么

法国小说家巴尔扎克读书时上的是法律学校，毕业后，他不顾父母反对，走上了文学创作的道路。然而，他创作的很多作品却并不为读者所接受，潜心创作的第一部作品也完全失败。这让巴尔扎克有些泄气，恰在此时，有朋友嘲笑他"除了写字，恐怕什么都不会了"。巴尔扎克既失望又难堪，决定弃文从商和经营企业，还做一些名著丛书出版等事情，但似乎也并没有什么起色。

有一次，巴尔扎克到一个朋友家里做客，看到桌子上一个精美的器具时，好奇地问："这是什么？""虹吸壶，用来煮咖啡的，很好用。"朋友说着站起身来，问，"要不要来一杯？"喜欢咖啡的巴尔扎克自然点头。

很快，朋友就煮好了咖啡，巴尔扎克尝了一口忍不住连连称赞，说这是他喝过的最好喝的咖啡。也许是爱屋及乌，巴尔扎克对这个咖啡壶产生了兴趣，便捧在手里细细查看起来。

"它能干什么？"巴尔扎克问，"我是说，除了煮咖啡，它还能干什么？"听了巴尔扎克的问题，朋友一脸迷茫，他摊开双手反问道：

"一个咖啡壶，只要能做出好喝的咖啡就行了，你觉得它还需要干什么？"朋友说完笑了，巴尔扎克也跟着笑了起来。

笑过之后，巴尔扎克突然做了一个决定：重新开始写作，让自己成为文学事业上的拿破仑。之后的10年间，巴尔扎克以惊人的毅力创作了大量作品，写出了91部小说，合称《人间喜剧》。

有人笑称，没有咖啡，就没有《人间喜剧》。一来是说巴尔扎克嗜咖啡如命，还有一层意思就是说咖啡壶对巴尔扎克的影响之大。

巴尔扎克有次笑着对朋友们说："不要再问'咖啡壶除了煮咖啡还能干什么'的蠢问题了。事实上，除了煮咖啡，它完全不需要再做其他事情。对于一个作家来说也是如此，除了写字什么都不会，并不羞耻，反而是一种荣耀。"

3次决定

  我是家里年龄最大的孩子。我比我的弟弟大三岁半,比我的妹妹大了9岁。听起来,也许父母不在家的时候,我可以代替他们做一些事情,照顾好弟弟妹妹。然而事实并非如此,我懒惰而且胆小,常常把家里搞得乱七八糟。

  大概在我13岁的时候,某一天下午,母亲去超市采购晚餐需要的食材,父亲在卧室里睡觉,我和弟弟妹妹像往常一样在院子里玩耍。本来一切都很正常,直到院子里突然出现了一只蜥蜴。我是第一个发现那只蜥蜴的,我说过了,我很胆小,我不知道它是怎么闯入院子的,我也不知道它会不会伤害人……

  其实当时我完全没来得及思考这些问题,我只是本能地跳起来,一边大叫一边往屋子里跑。弟弟妹妹不知道发生了什么,但也吓得大哭起来,跟着我往回跑。不幸的是,匆忙中,妹妹不小心摔倒了。看着她的额头不断流出的鲜血,我更加慌乱和害怕。

  最后,听到动静的父亲赶来处理了这一切。他冷静地把蜥蜴赶出院子,帮妹妹包扎了伤口,并安抚了她和弟弟。做完这些事情后,父亲对我说了很多话，其中一些我已经忘记了，但有一些话我却永远记了下来。

他说："你知道吗？你在这个家庭里做出任何决定，你其实是做了3次。第1次是你决定这么做；第2次是当你的弟弟在看完你之后，做出同样的决定；第3次是当你的妹妹看到你和你的弟弟做出同样的决定之后，她做的决定。你怎么对待你的弟弟，你的弟弟就会怎么对待他的妹妹，而妹妹将会以同样的方式对待她的余生，甚至她未来的男朋友。"

坦白说，在听到父亲这番话的那一刻，我有一种震撼的感觉。它让我重新思考我作为家里最大的孩子的角色，我开始更加认真地将自己的责任作为榜样。如果你在不适当的时候失控，当他们遇到类似的小事时，他们会更加失控；但如果你在严峻的形势和压力下保持冷静，则可以激励他们，让他们相信自己可以同样做到更好。

其实这不仅适用于兄妹之间，也不仅仅局限于家庭中。在你的工作和生活中，即使你没有试图积极影响周围的人，你的一些决定也会或多或少地影响他人处理类似情况时做出的决定。所以，在你做任何决定的时候，如果能保持一种"3次决定"的谨慎和负责，很多事情就会美好很多。

不是没错就一定要做

迈克尔·道格拉斯是美国著名的电影演员。道格拉斯的父亲曾参加过美国海军，所以在对待孩子的教育上，一向要求严格，并且有一套独特的关于对错的理论。

道格拉斯刚刚拿到驾照后，有一次开车与朋友们出去玩。可能因为是周末，出行的人比较多，他们走的那条路竟然发生了拥堵。道格拉斯倒也不着急，尾随着车流慢慢行驶着，但让他气愤是，他小心翼翼地保持着车距，后面的汽车却不由分说地加塞进来，而且不止一辆。在一个左拐道准备转弯的时候，突然又从左侧加塞进来一辆车，道格拉斯这次索性没踩刹车，与前面的车撞到了一起。

当然，如道格拉斯所料，这次事故的责任全在加塞的那辆汽车上，这也是他故意没及时踩刹车的原因：反正自己又没错，就给他点颜色看看。等警察处理完这件事情之后，道格拉斯回家时已经深夜了。

第二天，道格拉斯跟父亲讲了这件事。父亲点点头，问："可是，你为什么要这么做呢？我是说，你的目的是什么呢？""因为我确定自己没错，不会受到任何处罚和损失。"道格拉斯得意地说。父亲却摇了摇头，说："不，你的损失很大。"道格拉斯很不解，不知道父亲是什么意思。父亲接着说："第一，这样做有不可预知的危险，万一出现意外，后果不堪设想；第二，你所指的处罚和损失是指警察做出的处理。但是你的时间和精力上的损失呢？你因此而错过的一个本该完美的周末呢？所以说，你这样做其实是得不偿失的。"父亲的一番话让道格拉斯陷入了思考。

"确实，对与错是我们判断一件事是否该做的一个标准。但并不是没错的事情就一定要做。有些事情，虽然在理论上没有过错，却并不值得去做，因为它可能给我们带来额外的麻烦和损失。把自己的精力放在有意义的、值得去做的事情上，才会帮助我们取得事业上的成功。"道格拉斯后来说道。

两份生日礼物

小时候,我住在田纳西州的坎伯兰河畔。我喜欢这里蔚蓝的河流,喜欢傍晚时分天空的彩霞,也喜欢坐在草地上抱着吉他唱歌的歌手,当然,最让我喜欢的是赛维娅。对了,赛维娅是新搬来的邻居,也是我的好朋友。她是一个很可爱的小女孩。

赛维娅的生日快要到了,我打算送她一件生日礼物,用我全部的零花钱。在商店里,我挑选了一个红色的蝴蝶结发卡。红色是赛维娅最喜欢的颜色。她有一头长长的秀发,戴上这个发卡一定很好看。

"这个发卡真漂亮,赛维娅一定会喜欢的。"母亲笑着说。我点点头,想象着赛维娅收到礼物时开心的样子。

母亲突然问:"赛维娅是双胞胎,她还有一个妹妹,是吗?"

"是的。上次我们去赛维娅家里做客,还见过她的妹妹呢!"我漫不经心地回应着母亲,同时把发卡交给服务员,请她帮我包起来。

"那么……"母亲似乎在思考什么问题,她的一只手托着下巴,接着问,"赛维娅应该和妹妹是同一天生日,对不对?"

"对呀,既然是双胞胎,肯定是同一天生日。"我忍不住笑起来,对母亲提出这样愚蠢的问题而感到不解。

"我是说,既然赛维娅和妹妹同时过生日,你为什么只买了一份生日礼物?是不是应该再准备一份呢?"母亲看着我认真地说。

母亲说的似乎很有道理,可是我并不这么认为。因为我和赛维娅的妹妹并不熟悉,我们甚至没有在一起玩过。

母亲接着说:"听着,亲爱的,这其实和是不是好朋友无关。我的意思是,如果你要送双胞胎姐姐礼物,那么理应为双胞胎妹妹也准备一份。我觉得这是一种礼仪。"

我想了想,最后点了点头,然后在母亲的建议下,准备了两份生日礼物。后来发生的事情让我明白,自己的做法是多么明智!大家都在为可爱又热情的赛维娅庆祝生日,却完全忘记了,这一天也是坐在角落里的妹妹的生日。

我永远忘不了妹妹收到我送给她的生日礼物时,脸上惊喜的表情,本就沉默寡言的她语无伦次地对我说:"给我的吗?礼物……谢谢,谢谢你……"接下来,几乎从来不参加聚会的她也加入了大家的队伍。

这大概是二十多年前的事情了吧,但直到现在,每次在生活里遇到一些事情时,我就会想起这件事。正如母亲所说,为双胞胎姐妹准备两份生日礼物,是一种很重要也很珍贵的礼仪。

逃避不了的惩罚

在贺拉斯曼中学读书时，伯恩迷上了钓鱼。当然，这主要是来自父亲的影响。父亲很喜欢钓鱼，而且技术很好。每次钓鱼回来，父亲都会得意地对孩子们炫耀自己的"战果"，仿佛他和那个独自在海上漂泊87天，带回来一条巨大无比的鱼骨的老人一样威风。

伯恩很羡慕，并且不止一次地想象自己也能有这样的时刻。这样的机会终于来了。托比告诉伯恩，那几天是去卡尔纳湖钓鱼最佳的时机。

伯恩迫不及待地想要逃课去一试身手，可他知道，威廉老师是不会放过他的，他还会把这件事告诉父亲。

"如果我逃课，你会生气吗？"晚饭时，伯恩试探着问父亲。

父亲嘴里嚼着面包回答："当然，我还会狠狠地惩罚你。"

"如果你不知道呢？"伯恩扮了个鬼脸，故意用开玩笑的语气说。

"谁知道会怎样！"父亲已经吃完了饭，他站起身说，"总之犯了错误的人逃避不了惩罚。"

伯恩还是偷偷地去了卡尔纳湖。他找了一个完美的借口骗过了威廉老师，完全不用担心会因此受到惩罚。

那天，伯恩的运气非常好。他钓到了一条又一条鱼，几乎是他此前钓到的所有鱼的总和。这令他开心极了！伯恩迫不及待地想要跑回家，向父亲展示他的"战利品"。

可是，伯恩突然想起来，他不能让父亲知道这件事，否则他会因为逃课而狠狠地惩罚自己。

回到家后，伯恩告诉父亲，鱼是托比送给他的。父亲看了那些鱼，兴奋地夸赞："托比太厉害了，他钓鱼的水平快要赶上我了。我是说，如果他能够继续练习的话。"

终于得到父亲的认可，伯恩却一点都高兴不起来。伯恩不能告诉父亲，这些鱼都是他钓的。这似乎比之前钓不到鱼的时候，更让伯恩痛苦。

伯恩突然想起父亲说过的话：犯了错误的人逃避不了惩罚。是的，正如此刻伯恩无法与父亲分享他的成就和快乐，这对他来说无疑是最大的惩罚。

被纸划伤之后

　　让·保罗·萨特是法国20世纪最重要的哲学家之一。大概十来岁，萨特和伙伴们玩游戏时，不小心从树上掉下来，摔断了腿。在床上养伤的日子，萨特感觉非常痛苦。他不止一次地对外祖父抱怨："我太倒霉了，摔得这么严重，如果能伤得轻一点，我也不至于如此痛苦。"外祖父尽力安慰他，坐在床边为他读书，给他讲故事，萨特却根本听不进去。

　　一天下午，外祖父要寄出去一些信，他让萨特帮忙把信封好。正感觉无聊的萨特欣然答应。然而，刚刚装了几封信，萨特却又不小心受伤了——在封口的时候，他的手指被信封划了一道口子。

　　萨特立即大叫起来："为什么信封也能让我受伤？还流这么多血！我连这么简单的事情都做不好吗？为什么受伤的事情总是发生在我身上？而且还有十几封信没有处理好呢……"

　　外祖父赶过来，帮萨特处理完伤口后，说："孩子，我承认，手指是比较敏感的部分，它的伤口会比较疼。但和你摔断腿比起来呢？它的疼痛是不是要轻很多？"

"当然，和摔断腿比起来，它几乎微不足道了。"萨特回答。外祖父点点头，接着说："你曾经说如果能伤得轻一点，你是不会那么痛苦的，可现在为什么还是如此暴躁呢？"

"这……"萨特挠了挠头，自己也迷惑了。外祖父笑了笑说："这说明，你的痛苦不是受伤引起的。"萨特反问道："那是什么呢？"

"是你因受伤而引起的各种复杂的情绪反应。也就是说，你之所以感觉痛苦，大部分的原因是你没有控制好自己的情绪。"外祖父拍了拍萨特的肩膀，接着说，"孩子，试着调整你的心态，你会发现，其实不管因何而伤，都没有那么糟糕。"外祖父的话似乎有神奇般的治愈作用，萨特一下子感觉轻松了很多。

"如果你被纸划伤了之后，觉得像摔断了腿一样痛苦。那么，你就要好好控制和调整一下自己的心态了。很多时候，心态比伤害本身重要得多。"萨特说道。

信封里的头发

哈金是美国艺术文学院院士,也是第一个获得美国国家图书奖的华人作家。早在20世纪80年代,哈金申请到美国布兰迪斯大学英语系的奖学金。

初到美国,哈金暂时租住在学校附近的一间公寓里,这里各方面的条件都挺好,但有一点让哈金隐隐感到一丝别扭——哈金经常与朋友们通信,可是他发现,每次房东送来的信似乎都有拆开过的痕迹。他虽然有疑惑,但仅仅凭借封口处的凸凹不平似乎并不足以形成证据。

哈金把这个苦恼告诉朋友之后,朋友给他支了一招:在与朋友往来的信件中,放一个很细微、不起眼的东西,然后相互告诉对方,如果这个东西没有了,那就说明自己的信被人拆开过了。哈金听后连连点头。

几天后,朋友找到哈金,皱着眉说:"信件发出去了吗?其实那个方法并没用,因为你需要在信里告诉对方你的意图,但是如果有人偷看信件的话,他也会知道这个约定,如此一来,岂不是白费力气?"

哈金眨了眨眼睛,神秘地笑着说:"其实很有用的。"说着,他打开刚收到的一封信,发现里面果然有一根头发。

"这说明房东没有偷看你的信？"朋友疑惑地问。

"不，恰恰说明房东偷看了。"哈金笑着解释道，"我在信里告诉朋友，为了防止有人拆信，我在信封里放了一根头发，但其实，我根本没有放。而现在，多出来了一根头发，那肯定是房东放的无疑了。"

朋友听后哈哈大笑，直夸哈金高明。后来，在强大的证据下，房东不得不承认自己的错误，此后哈金的信件再也没有被人拆开过。

有时候，面对一些可能有漏洞的方法，我们不妨反其道而行之，也许就能收获意想不到的效果。

我喝的是无糖饮料

亚历克·鲍德温是美国著名的演员。在53岁的时候,他被医生警告持续超重会影响身体健康,鲍德温决定开始减肥。然而减肥并不是一件容易的事情,两个月过去后,鲍德温的减肥毫无成效,体重非但没有减轻,反而略有上升。

鲍德温忍不住向医生抱怨,表示自己已经尽了很大的努力,甚至忍痛舍弃了以前最爱的果汁。听了鲍德温的话,医生也很疑惑,最后他建议鲍德温把一天的活动包括运动、饮食等都录下来,他好通过视频帮鲍德温找出原因。

鲍德温把录好的视频拿给医生看,并指着视频上他吃晚餐的画面说:"你看,我喝的是无糖饮料哦。你说过,无糖饮料不会对体重造成影响,可以放心地喝,对不对?"

"是的,没错。"医生点点头回答。不过,在鲍德温继续开始抱怨之前,医生又接着说:"可是,你是不是忽略了其他东西?"

医生拿起遥控器,一边回放一边说:"这一天,你吃了一只烤鸡、一块牛排,还有几块蛋糕和一个三明治,甚至还有一个冰激凌,这些食物加起来的热量有多大你知道吗？而你这一天的运动却只有半个小时。可是你把这些都忘记了，只记得自己喝的是无糖饮料，你觉得这样能减肥成功吗？"

医生的话让鲍德温无言以对，却也明白了自己减肥失败的原因。后来，鲍德温开始了"真正的战斗"，最终成功地在4个月内减掉30磅，不仅恢复了健康，整个人也更加灵活，更有活力。

"也许很多人都曾像我一样，只记得自己喝了一瓶无糖饮料，却忽略了其他真正的问题。我想说的是，如果你想做成一件事情，就应该付出最大的努力，而不是拿一点点无关紧要的妥协来当作努力的证明。"亚力克·鲍德温认真地说道。

给女儿的空白支票

苏珊结束了毕业考试,和以往很多次一样,她的成绩非常优秀。我们为苏珊准备了一个聚会,庆祝她度过了中学生活。

看得出来,苏珊很开心。她一边吃蛋糕,一边和伙伴们说笑。我在远处观察着苏珊,想着在合适的时机跟她谈谈毕业旅行的事情。

早在两个多月前,我答应苏珊,等她中学毕业后,陪她到加利福尼亚州的纳帕度假,欣赏美妙的山间风景,品尝美味的精酿葡萄酒。当时我确实是这么打算的,但现在,情况变得很不一样了。我的职位有了小小的变动,我需要把更多的时间投入到工作上。我的意思是,这个时候离开也许并不是一个明智的选择。

"爸爸,我想给你看一样东西。"苏珊捧着一个小盒子,走到我面前说。

我猜不到盒子里面装了什么,我好像从来没有见过这个盒子。苏珊打开盒子,拿出一张支票,上面是空白的,并没有写金额。

"这是什么?"我问。

"你真的不记得了?"苏珊轻轻摇了摇头,说,"这是我上一年级的时候，你给我的奖励呀！"

一年级？奖励？我似乎想起来了。苏珊刚上一年级的时候，在考试中拿到了一个A，当时我非常高兴，送给了她一张支票，并且告诉她，每得一个A，我就会在这张支票上多加100美元。事实上，后来苏珊又得到了很多个A，但是我早就忘记了这张支票的事情，所以一直到现在，这张支票还是一片空白……

"一年级我拿到了1个A，二年级我拿到了3个A……刚刚结束的毕业考试中，我拿到了12个A，所以这张支票上的金额应该是5700美元。"苏珊看着我，认真地说。

苏珊的话让周围的一些大人们笑起来，他们说："这只是一个玩笑而已。一个父亲怎么可能在女儿身上欠下这么一笔'巨款'呢？"

苏珊好像没有听到这些话，她只是一动不动地看着我。我没有说话，转身回到房间找来一支笔，在那张支票上填写了5700美元。我把支票递给苏珊，并向她道歉，请她原谅我拖延这么多年才履行了诺言。

苏珊笑了，很显然，她原谅了我。我很开心，并且在那一瞬间决定，明天将开启苏珊的毕业旅行。当然，作为一名父亲，我不会缺席。

不要把你的计划告诉别人

"不要把你的计划告诉别人,否则你就无法完成了。"当罗伯试图告诉小伙伴们,母亲送了他10本书,而他打算在暑假里把它们全部看完时,外祖父提醒道。

"为什么?"罗伯不解地反问,"我很乐意与伙伴们分享……我是说,这等于公开做出了承诺,也许我会因此更加努力,否则就会让自己陷入尴尬的境地。不是吗?"

听了罗伯的辩解,外祖父耸了耸肩膀,不置可否地走开了。在罗伯看来,他可能是被自己说服了。

罗伯兴奋地把这个计划告诉了小伙伴们。"你太棒了!祝贺你。"大家都笑着与罗伯击掌。他们眼神中的羡慕和钦佩让罗伯觉得自己非常了不起。

当然,在宣布这个计划之前,罗伯对实现它充满了信心,罗伯甚至已经在心里做好了规划,包括每天什么时候看书,一天看多少页等等,罗伯甚至迫不及待地期盼暑假快点到来。

然而,奇怪的是,把这个计划告诉小伙伴们之后,罗伯似乎突然失去了积极性，他不再计划每天读几页书，也不再反复抚摸那几本书的封皮——罗伯不再对结果产生兴趣，它所能带给他的荣耀和满足，在他宣布计划的那一刻，小伙伴们已经给他了。

　　最后果然如外祖父所料，罗伯没有完成读书的计划。"这简直就是一个魔咒！"罗伯忍不住叫道。外祖父笑了笑，说了一句他不太懂的话："是的，你应该在沉默中努力，然后用成功发声。"

　　长大后，罗伯听过身边很多人宣布自己的计划和目标。

　　"我要去健身房健身"

　　"我有没有告诉你，我就要开通油管频道了"

　　"我打算攒钱买辆新汽车"

　　……

　　毫无疑问，他们中间95%的人都没有实现自己的目标。也许你认为分享目标会换来朋友们的鼓励和监督，但事实上，你的朋友可能会祝贺你，但之后，除了你自己，没有人在意你的目标。而朋友们的鼓励和祝贺会给你一种虚假的成就感，它会迷惑你，让你把空谈错认为实践。

　　当然，这并不是说不要把目标写下来，只是放在心里。实际上，如果把目标写下来会更利于实现它。但在谈论你的目标时，一定要小心一点。正如外祖父说的那样，不要把你的计划告诉别人，直到你实现它。

图书在版编目（CIP）数据

当世界还小的时候 / 张君燕著. -- 南昌：江西人民出版社，2019.9
ISBN 978-7-210-11440-6

Ⅰ.①当… Ⅱ.①张… Ⅲ.①散文集－中国－当代 Ⅳ.①I267

中国版本图书馆CIP数据核字(2019)第148264号

当世界还小的时候

张君燕 / 著

责任编辑 / 冯雪松

出版发行 / 江西人民出版社

印刷 / 三河市金泰源印务有限公司

版次 / 2019年9月第1版

2019年9月第1次印刷

690毫米×980毫米　1/16　15.5印张

字数 / 215千字

ISBN 978-7-210-11440-6

定价 / 36.80元

赣版权登字-01-2019-309

版权所有　侵权必究

如有质量问题，请寄回印厂调换。联系电话：13833676809